ZouJin
TangShi
AiQing

上海辞书出版社
文学鉴赏辞典编纂中心 编

走／进／唐／诗

爱情

上海辞书出版社

U0125304

《走进唐诗·爱情》收录了四十余位诗人的九十首爱情诗,或居庙堂之高,或处江湖之远,或出自知名诗人如王维、李白、杜甫、刘禹锡、白居易、元稹、杜牧等,或源于身世不详甚至姓名不可考的痴男怨女。与爱情本身超越阶层、贫富与时空的普遍性相应,爱情诗的创作与传播也具有特别广泛的社会基础,如棱镜一般折射出多姿多彩的社会生活和各人的性情特质、精神风貌。特别值得注意的是其中女性形象的空前丰富和女诗人(如薛涛、鱼玄机等)的大批出现。总体而言,爱情诗真正进入巅峰期是在中晚唐,以李商隐的作品为代表。本书所录亦以李商隐贡献最丰,不仅数量最多,而且涵盖了闺思、悼亡、离情等多种题材,无题诗成就尤高,含蓄蕴藉,迷离惝恍,在内容和形式上均具有开创性,影响深远。

上海辞书出版社

2022 年 10 月

走进唐诗 爱情

# 目录

诗 / 人 / 小 / 传

▶▶ **沈如筠** 句容(今属江苏)人。玄宗时尚在世。曾任横阳县主簿。《全唐诗》存其诗四首。

# 闺 怨

沈如筠

雁尽书难寄,愁多梦不成。

愿随孤月影,流照伏波营①。

---

① 伏波营:刘永济《唐人绝句精华》称:"天宝中讨南诏(南诏国),故用伏波事。""伏波",指东汉伏波将军马援,他南征交阯,有功,被封为新息侯。用"伏波营"代指诗中征人所在军营,既是唐诗中以汉代唐的惯例,又说明征人戍守的是祖国的南疆。因为征人戍守南疆,细味诗意,思妇当自北望南。而南去传书之"雁尽",其季节似在春天。

这首诗为思妇代言,表达了对征戍在外的亲人的深切怀念,写来曲折尽致,一往情深。

首二句写愁怨,第二句比第一句所表达的感情更深一层。诗一开头,就用雁足传书的典故来表达思妇想念征夫的心情,十分贴切。"书难寄"的"难"字,细致地描述了思妇的深思遐念和倾诉无人的隐恨。正是这无限思念的愁绪搅得她难以成寐,因此,想象着借助梦境与亲人作短暂的团聚也不可能。"愁多",表明她感情复杂,不能尽言。正因为"愁多","梦"便不成;又因为"梦不成",则愁绪更"多"。信使难托,固然令人遗恨,而求之于梦幻聊以自慰亦复不可得,就不免反令人可悲了!三、四句则在感情上又进了一层,进一步由"愁"而转为写"解愁","孤月"之"孤",流露了思妇的孤单之感。但是,明月是可以跨越时空的隔绝,人们可以千里相共的。愿随孤月,流照亲人,写她希望从愁怨之中解脱出来,显出思妇的感情十分真挚。

诗没有单纯写主人公的愁怨和哀伤,也没有仅凭旁观者的同情心来运笔,而是通过人物内心独白的方式,着眼于对主人公纯洁、真挚、高尚的思想感情的描写,格调较高,不失为一首佳作。

(李敬一)

走进唐诗
爱情

▶▶ 张九龄(673 或 678—740)　字子寿,一名博物,韶州曲江(今广东韶关西南)人。长安进士,任右拾遗,迁左补阙。开元二十一年(733)任中书侍郎、同中书门下平章事。二十四年为李林甫所潜,罢相。其《感遇诗》以格调刚健著称。有《曲江集》。

# 赋得自君之出矣

### 张九龄

自君之出矣,不复理残机。

思君如满月,夜夜减清辉。

## 赏析

　　《自君之出矣》是乐府诗杂曲歌辞名。赋得是一种诗体。张九龄摘取古人成句作为诗题,故题首冠以"赋得"二字。

　　首句"自君之出矣",即拈用成句。良人离家有多久呢? 诗中没有说,只写了"不复理残机"一句,发人深思:首先,织机残破,久不修理,表明良人离家已很久,女主人长时间没有上机织布了;其次,如果说,人去楼空给人以空虚寂寥的感受,那么,君出机残也同样使人感到景象残旧衰飒,气氛落寞冷清;再次,机上布织来织去,始终未完成,它仿佛在诉说,女主人心神不定,无心织布,内心极其不平静。接着,诗人便用比兴手法描绘她心灵深处的活动:"思君如满月,夜夜减清辉。"古诗十九首中,以"相去日已远,衣带日已缓"(《行行重行行》)直接描摹思妇的消瘦形象,这里,诗人则用团圝的皎皎明月象征思妇情操的纯洁无邪,忠贞专一,写得既含蓄婉转,又真挚动人。她日日夜夜思念,容颜都憔悴了,宛如那团圞圆月,在逐渐减弱其清辉,逐渐变成了缺月。比喻美妙熨帖,想象新颖独特,饶富新意,整首诗显得清新可爱,充满浓郁的生活气息。

（何国治）

诗 / 人 / 小 / 传

▶▶ **王昌龄**(？—756) 字少伯,京兆长安(今陕西西安)人。开元进士,授校书郎,改汜水尉,再迁江宁丞。晚年贬龙标(今湖南洪江西)尉。世乱还乡,道出亳州(一作濠州),为刺史闾丘晓所杀。开元、天宝间诗名甚盛,有"诗家夫子王江宁"之称。尤擅七绝,多写当时边塞军旅生活,气势雄浑,格调高昂。《从军行》七首、《出塞》二首皆有名。其宫词善写女性幽怨之情,也为世所称。原有集,已散佚,后人辑有《王昌龄集》。另有《诗格》,论诗颇多创见。

# 闺　怨

### 王昌龄

闺中少妇不曾[①]愁,春日凝妆上翠楼。

忽见陌头杨柳色，悔教夫婿觅封侯。

---

① 刘永济《唐人绝句精华》注:"不曾"一本作"不知"。作"不曾"与凝妆上楼,忽见春光,顿觉孤寂,因而引起懊悔之意,相贯而有力。

王昌龄善于用七绝细腻而含蓄地描写宫闺女子的心理状态及其微妙变化。

题称"闺怨",一开头却说"闺中少妇不曾愁",似乎故意违反题面。丈夫从军远征,离别经年,照说应该有愁。之所以"不曾愁",除了这位女主人公正当青春年少,还没有经历多少生活波折,和家境比较优裕(从下句"凝妆上翠楼"可以看出)之外,根本原因还在于那个时代的风气。唐代前期国力强盛,从军远征,立功边塞,成为当时人们

"觅封侯"的一条重要途径。"觅封侯"者和他的"闺中少妇"对这条生活道路是充满了浪漫主义幻想的。

第二句紧接着用春日登楼赏景的行动具体展示她的"不曾愁"。"翠楼"即青楼，古代显贵之家楼房多饰青色，这里因平仄要求用"翠"，且与女主人公的身份、与时令季节相应。春日而凝妆登楼，是为了观赏春色以自娱。这一句写少妇青春的欢乐，正是为下面青春的虚度、青春的怨旷蓄势。

第三句是全诗转关。"忽见"，是不经意地流目瞩望而适有所遇。"杨柳色"虽然在很多场合下可以作为"春色"的代称，但也可以联想起蒲柳先衰，青春易逝；联想起千里悬隔的夫婿和当年折柳赠别，这一切，都促使她从内心深处冒出以前从未明确意识到过而此刻却变得非常强烈的念头——"悔教夫婿觅封侯"。这也就是题目所说的"闺怨"。

短篇小说往往截取生活中的一个横断面，加以集中表现，使读者从这个横断面中窥见全豹。绝句在这一点上有些类似短篇小说。这首诗正是抓住闺中少妇心理发生微妙变化的刹那，作了集中的描写，使读者从突变联想到渐进，从一刹那窥见全过程。这就很耐人寻味。

（刘学锴）

▶▶ **王维**（约701—761） 字摩诘，原籍太原祁县（今属山西），其父迁居蒲州（治今山西永济西南蒲州镇），遂为河东人。开元进士。累官至给事中。安禄山叛军陷长安时曾受职，乱平后，降为太子中允。后官至尚书右丞，世称王右丞。中年后居蓝田辋川，过着亦官亦隐的优游生活。诗与孟浩然齐名，并称"王孟"。前期写过一些以边塞为题材的诗篇。但山水诗最为后世所称，通过田园山水的描绘，叙写隐逸生活，宣扬佛教禅理，体物精细，状写传神，具有独特成就。兼通音乐，工书画。有《王右丞集》。

# 息 夫 人

## 王 维

莫以今时宠，能忘旧日恩。

看花满眼泪，不共楚王言。

**赏析**

　　息夫人本是春秋时息国君主的妻子。公元前680年，楚王灭了息国，将她据为己有。她在楚宫里虽生了两个孩子，但默默无言，始终不和楚王说一句话。"莫以今时宠，能忘旧日恩"，这像是息夫人内心的独白，又像是诗人有意要以这种弱小者的心声，去让那些强暴贪婪的统治者丧气。以新宠并不足以收买息夫人的心，反衬了旧恩的珍贵难忘，显示了淫威和富贵并不能彻底征服弱小者的灵魂。"看花满眼泪"，这一句只点出精神的极度痛苦，并且在沉默中极力地自我克制着，却没有交代流泪的原因，就为后一句蓄了势。"不共楚王言"，是在写她"满眼泪"之后，这个"无言"的形象，就显得格外深沉。

　　王维写这首诗，并不单纯是歌咏历史。唐代孟启《本事诗》记载：

"宁王宪(玄宗兄)贵盛,宠妓数十人,皆绝艺上色。宅左有卖饼者妻,纤白明晰,王一见属目,厚遗其夫取之,宠惜逾等。环岁,因问之:'汝复忆饼师否?'默然不对。王召饼师使见之。其妻注视,双泪垂颊,若不胜情。时王座客十余人,皆当时文士,无不凄异。王命赋诗,王右丞维诗先成,云云(按即《息夫人》)……王乃归饼师,使终其志。"对照之下,可以看出,王维在短短的四句诗里,实际上概括了类似这样一些社会悲剧。这种在抒情诗中包含着故事,带着"小说气"的现象,清人纪昀在评李商隐的诗时曾予以指出。但它的滥觞却可能很早了。王维这首诗就领先了一百多年。只不过王维这类诗数量不能和李商隐相比,又写得比较浑成,浓厚的抒情气氛掩盖了小说气,因而前人较少从这方面加以注意。

(余恕诚)

▶▶ **李白**(701—762) 字太白,号青莲居士。自称祖籍陇西成纪(今甘肃静宁西南),隋末其先人流寓碎叶(唐时属安西都护府,在今吉尔吉斯斯坦北部托克马克附近)。幼时随父迁居绵州昌隆(今四川江油)青莲乡。二十五岁离蜀,长期在各地漫游。天宝初因诗名供奉翰林,但不受重视,又受权贵谗毁,仅一年余即离开长安。安史之乱中,曾为永王李璘幕僚,因璘败牵累,流放夜郎。中途遇赦东返。晚年漂泊困苦,卒于当涂。诗风雄奇豪放,想象丰富,语言流转自然,音律和谐多变。善于从民歌、神话中吸取营养和素材,构成其特有的瑰玮绚烂的色彩,富于积极浪漫主义精神,达到盛唐诗歌艺术的巅峰。被后人誉为"诗仙"。有《李太白集》。

# 乌 夜 啼

## 李 白

黄云城边乌欲栖,归飞哑哑枝上啼。

机中织锦秦川女,碧纱如烟隔窗语。

停梭怅然忆远人,独宿空房泪如雨。

**赏析**

　　传说李白在天宝初年到长安,贺知章读了他的《乌栖曲》《乌夜啼》等诗后,大为叹赏,说他是"天上谪仙人也"。《乌夜啼》为乐府旧题,内容多写男女离别相思之苦。李白这首的主题也与前代所作相类,但言简意深,别出新意,遂为名篇。

　　起首两句绘出一幅秋林晚鸦图,夕曛暗淡,返照城闉,成群的乌鸦从天际飞回,盘旋着,哑哑地啼叫。在这黄昏时候,乌鸦尚知要回巢,而远在天涯的征夫,到什么时候才能归来呵?

"机中织锦秦川女",固可指为苻秦时窦滔妻苏蕙,更可看作唐时关中一带征夫远戍的思妇。在暮色迷茫中,透过烟雾般的碧纱窗,依稀看到她伶俜的身影,听到她低微的语音。

五、六两句,有几种异文。如敦煌唐写本作"停梭问人忆故夫,独宿空床泪如雨",五代韦縠《才调集》卷六注"一作'停梭向人问故夫,知在流沙泪如雨'"等,可能都出于李白原稿。仔细吟味,通行本优于各种异文,没有"窗外人"更显秦川女的孤独寂寞;远人去向不具写,更增相忆的悲苦。可见在本诗的修改上,李白是经过推敲的。清沈德潜评此诗说:"蕴含深远,不须语言之烦。"(《唐诗别裁集》)短短六句诗,起手写情,布景出人,景里含情;中间两句,人物有确定的环境、身份和身世,而且绘影绘声,想见其人;最后点明主题,却又包含着许多意内而言外之音。

(徐永年)

# 杨叛儿

## 李 白

君歌《杨叛儿》,　妾劝新丰酒。

何许最关人?　乌啼白门柳。

乌啼隐杨花,　君醉留妾家。

博山炉中沉香火,双烟一气凌紫霞。

　　《杨叛儿》本南齐时童谣,后来成为乐府诗题。李白此诗与《杨叛儿》童谣的本事无关,而与乐府《杨叛儿》关系十分密切。开头一句中的《杨叛儿》,即指以这篇乐府为代表的情歌。一对青年男女,一方唱歌,一方劝酒,显出男女双方感情非常融洽。

　　白门,本刘宋都城建康(今南京)城门。因为南朝民间情歌常常提到白门,所以成了男女欢会之地的代称。"最关人",犹言最牵动人心。"乌啼白门柳"五个字不仅点出了环境、地点,还暗示了时间。

　　"乌啼隐杨花,君醉留妾家。"既是写景,又充满着比兴意味,情趣盎然。这里的"醉",当然不排斥酒醉,同时还包括男女之间柔情蜜意的陶醉。

　　"博山炉中沉香火,双烟一气凌紫霞。"这两句承"君醉留妾家"把诗推向高潮。对方的醉留,正像沉香投入炉中,爱情的火焰立刻燃烧起来,情意融洽,精神升华,则像香火化成烟,双双一气,凌入云霞。

　　这首诗,形象丰满,生活气息浓厚,显得非常新鲜、活泼,但它却不同于一般直接歌唱现实生活的作品,而是李白根据古乐府《杨叛儿》进行的艺术再创造。古词只四句:"暂出白门前,杨柳可藏乌。君作沉水香,侬作博山炉。"

　　李白《杨叛儿》较之古《杨叛儿》,情感更炽烈,更加欢快和浪漫。这与唐代经济繁荣,社会风气比较解放,显然有关。

(余恕诚)

# 长　干　行

李　白

妾发初复额，折花门前剧①。

郎骑竹马来，绕床弄青梅。

同居长干里，两小无嫌猜。

十四为君妇，羞颜未尝开。

低头向暗壁，千唤不一回。

十五始展眉，愿同尘与灰。

常存抱柱信，岂上望夫台。

十六君远行，瞿塘滟滪堆。

五月不可触，猿声天上哀。

门前迟行迹②，一一生绿苔。

苔深不能扫，落叶秋风早。

八月蝴蝶黄，双飞西园草。

感此伤妾心，坐愁红颜老。

早晚下三巴，预将书报家。

相迎不道远，直至长风沙③。

---

① 剧：游戏。

② 迟：等待。"迟行迹"，一作"旧行迹"，指与丈夫共同生活时往来留下的足迹。

③ 长风沙：地名，在今安徽安庆市东长江边上。

　　这是一首以商妇的爱情和离别为题材的诗,以女子自述的口吻,抒写对远出经商的丈夫的怀念。诗用年龄序数法和四季相思的格调,巧妙地把一些生活片段(或拟想中的生活情景)连缀成完整的艺术整体,写南方女子温柔细腻的感情,缠绵婉转,步步深入,配合着舒徐和谐的音节,形象化的语言,在生活图景刻画,环境气氛渲染,人物性格描写上,显示了完整性、创造性。清人所编《唐宋诗醇》说:"儿女子情事,直从胸臆中流出。萦回曲折,一往情深。"诗中的长干,在今南京市,本古金陵里巷,居民多从事商业。古代,在商人、市民中间,封建礼教的控制是比较弱的。这位长干女,似乎从小就远离了封建礼教的监护,而处于一个比较开放的生活环境,她新婚时的"羞颜未尝开""低头向暗壁,千唤不一回",没有某些女子因受封建婚姻迫害的愁苦,而是通过羞涩情态表现了她对于爱情的矜持和性格中淳厚的素质。她婚后"愿同尘与灰""常存抱柱信",以及与丈夫离别后的深刻思念,都鲜明生动地表现了真诚平等的相爱和对爱情幸福的热烈追求和向往。

　　8世纪上半叶,大唐帝国经济繁荣,工商业和城市有进一步的发展。出生在商人家庭的李白,和市民一直有着密切的联系,是唐代诗人中最敢于大胆蔑视封建秩序的人物。可以说他和长干儿女,最早呼吸到一点由市民圈子中产生出来的新鲜空气。此篇可以说最早在封建正统文学中透露了一些市民气息,是《琵琶行》等一类作品的前驱。

　　　　　　　　　　　　　　　　　　　　　　　　(余恕诚)

# 妾 薄 命

李 白

汉帝重阿娇，贮之黄金屋。

咳唾落九天，随风生珠玉。

宠极爱还歇，妒深情却疏。

长门一步地，不肯暂回车。

雨落不上天，水覆难再收。

君情与妾意，各自东西流。

昔日芙蓉花，今成断根草。

以色事他人，能得几时好？

赏析

《妾薄命》为乐府古题之一。这首诗"依题立义"，通过对陈皇后阿娇由得宠到失宠的描写，揭示了封建社会中妇女以色事人、色衰而爱弛的悲剧命运。

全诗十六句，每四句基本为一个层次。前四句先写阿娇的受宠，欲抑先扬。据《汉武故事》记载，汉武帝刘彻数岁时，姑母长公主问他："儿欲得妇否？"指左右长御百余人，皆曰："不用。"最后指其女阿娇问："阿娇好否？"刘彻笑曰："好！若得阿娇作妇，当作金屋贮之。"

刘彻即位后，阿娇做了皇后，也曾宠极一时。"咳唾落九天，随风生珠玉"两句，形象地描绘出阿娇受宠时的气焰之盛。但是，好景不长。"宠极爱还歇"以下四句，笔锋一转，描写阿娇的失宠。娇妒的陈皇后，为了"夺宠"，曾做了种种努力，"令上意回"，反因此得罪，幽居于长门宫内，虽与皇帝相隔一步之远，但咫尺天涯，宫车不肯暂回。"雨落不上天"以下四句，用形象的比喻，极言"令上意回"之不可能，与《白头吟》"东流不作西归水""覆水再收岂满杯"词旨相同。这是什么原因呢？最后四句，诗人用比兴的手法，"芙蓉花"与"断根草"相比，比中见义，得出结论："以色事他人，能得几时好？"显得自然而又奇警——自然得如水到渠成，瓜熟蒂落；奇警处，读之让人惊心动魄。

（刘文忠）

# 春　思

## 李　白

燕草如碧丝，秦桑低绿枝。

当君怀归日，是妾断肠时。

春风不相识，何事入罗帏？

赏析

我国古典诗歌中，"春"字往往语带双关。它既指自然界的春天，又可以比喻青年男女之间的爱情。诗题"春思"之"春",就包含着这样两层意思。

开头两句可以视作"兴"。诗中的兴句一般是就眼前所见,信手拈起,这两句却以相隔遥远的燕、秦两地的春天景物起兴,颇为别致。仲春时节,桑叶繁茂,独处秦地的思妇触景生情,料想远在燕地的丈夫此刻见到碧丝般的春草,也必然会萌生思归的念头。见春草而思归,语出《楚辞·招隐士》:"王孙游兮不归,春草生兮萋萋!"诗人用两处春光,兴两地相思,把想象与回忆同眼前真景融合起来,据实构虚,造成诗的妙境,不仅起到了一般兴句所能起的烘托感情气氛的作用,而且还把思妇对于丈夫的真挚感情和他们夫妻之间心心相印的亲密关系传写出来了。另外,这两句还运用了谐声双关。"丝"谐"思","枝"谐"知",恰和下文思归与"断肠"相关合,增强了诗句的音乐美与含蓄美。

三、四两句直承兴句的理路而来,故仍从两地着笔。丈夫及春怀归,足慰离人愁肠。按理说,女主人公应该感到欣喜才是,而下句竟以"断肠"承之,这又似乎违背了一般人的心理。元代萧士赟注李白集曾评述道:"燕北地寒,生草迟。当秦桑低绿之时,燕草方生……言其夫方萌怀归之心,犹燕草之方生。妾则思君之久,犹秦桑之已低枝也。"诗中看似于理不合之处,正是感情最为浓密所在。

最后两句捕捉了思妇在春风吹入闺房,掀动罗帐的一刹那的心理活动。让多情的思妇对着无情的春风发话,仿佛是无理的,但用来表现独守春闺的特定环境中的思妇的情态,又令人感到真实可信。春风撩人,春思缠绵,申斥春风,正所以表达孤眠独宿的少妇对丈夫的思情。

(吴汝煜)

诗／人／小／传

▶▶ 崔颢（? —754） 汴州（今河南开封）人。开元进士，官太仆寺丞、试太子司议郎摄监察御史、司勋员外郎。早期诗多写闺情，流于纤艳。后历边塞，诗风变为雄浑奔放。有《崔颢诗集》。

# 长 干 曲 四 首（其一、其二）

### 崔 颢

君家何处住？妾住在横塘。

停舟暂借问，或恐是同乡。


家临九江水，来去九江侧。

同是长干人，生小不相识。

赏析

　　这两首诗抓住了人生片断中富有戏剧性的一刹那，用白描的手法，寥寥几笔，就使人物、场景跃然纸上，栩栩如生，犹如一曲男女声对唱，又很像独幕剧。

　　先看第一首：诗一开头就单刀直入，让女主角出口问人，现身纸上，"声态并作"，仅用口吻传神，就把女主角的音容笑貌，写得活灵活现。问话之后，不待对方答复，就急于自报"妾住在横塘"。这样的处理，自然地把女主角的年龄从娇憨天真的语气中反衬出来了。男主角并未开口，之所以有"或恐是同乡"，不正是因为听到了对方带有乡音的片言只语吗?

单从她闻乡音而急于"停舟"相问,就可见她离乡背井,水宿风行,孤零无伴。

第二首是男主角的答唱。"家临九江水"答复了"君家何处住"的问题;"来去九江侧"说明自己也是风行水宿之人,初步点醒了两人的共同点。"同是长干人"落实了"或恐是同乡"的想法,把双方的共同点又加深了一层。最后一句转过笔来把原意一翻:与其说今日之幸而相识,倒不如追惜往日之未曾相识。"生小不相识"五字,表面惋惜当日之未能青梅竹马、两小无猜,实质更突出了今日之相逢恨晚。

《长干曲》是南朝乐府中"杂曲古辞"的旧题。崔颢这两首诗继承了前代民歌的遗风,却以素朴真率见长,蕴藉无邪,确是抒情诗中的上乘。

（沈熙乾）

▶ **崔国辅** 吴郡(治今江苏苏州)人。开元进士,天宝间官集贤直学士、礼部员外郎,坐累贬晋陵司马。其诗大多篇幅短小,笔致清婉,多写个人日常生活,或拟南朝文人乐府。《唐诗品汇》列其五绝为正宗。原有集,已散佚。《全唐诗》辑存其诗一卷。

# 采 莲 曲

### 崔国辅

玉溆①花争发,金塘水乱流。

相逢畏相失, 并著木兰舟②。

---

① 溆(xù),指水塘边。

② 《述异记》:"木兰舟在浔阳江中,多木兰树;昔吴王阖闾植木兰于此,用构宫殿也。七里洲中,有鲁班刻木兰为舟,舟至今在洲中;诗家云木兰舟,出于此。"

赏析

《采莲曲》,乐府旧题,为《江南弄》七曲之一。内容多描写江南一带水国风光,采莲女娃劳动生活情态,以及她们对纯洁爱情的追求等。崔国辅的这首《采莲曲》清丽而富有情趣。

"玉溆花争发,金塘水乱流。"用"玉"形容塘边,比用"绿"显得明秀、传神,使人想见草茂气清、露珠欲滴的景象。金塘的"金",和前面的"玉"相映增色,使和谐的色调更加光彩明艳。这一联中,"争""乱"二字,也运用得活而有力。一个"争"字,把百花吐芳斗艳的繁茂之态写活了。一个"乱"字,写尽了青年男女轻舟竞采、繁忙不息的劳动情景。从水波回旋的乱流中,便可想见人物的活动情态。

这些江南水乡的青年男女天真活泼,对美好的爱情有着大胆炽热的追求:"相逢畏相失,并著木兰舟。"情侣们水上相逢,喜出望外,担心水波再把他们分开,于是两只船儿紧紧相靠,并驾齐驱。"畏相失",活现出青年男女两相爱悦的心理状态,写尽了情侣间的相互爱慕之情。

这是一首活泼清新的抒情小诗,生活气息浓郁,风味淳朴,反映了盛唐社会生活的一个侧面。

(傅经顺)

# 小 长 干 曲

崔国辅

月暗送湖风,相寻路不通。

菱歌唱不彻,知在此塘中。

小长干,属长干里,遗址在今南京市南,靠近长江边。《长干曲》,乐府杂曲歌辞名,内容多写长干里一带江边女子的生活和情趣。崔国辅的《小长干曲》内容也如此。

这首诗风格清新,语言晓畅,于平淡自然中见含蓄委婉。诗人紧扣江南水乡的特点,自然而风趣地表现一位青年男子对一位采菱姑娘的爱慕和追求。

诗一开头,即点明时间是夜晚,地点是湖滨。月色朦胧,湖风轻拂,造成了一种优美而颇具神秘色彩的环境气氛。一位年轻人踏着月色,沐着凉风,急忙忙、兴冲冲地走着,突然,路被隔断了——侧面点出了菱湖之滨的特点:荷塘满布,沟渠纵横,到处有水网相隔。显然,这个小伙子事先并未约会,只因情思驱使,突然想见自己的恋人。

正在焦急踌躇之际,优美动听的菱歌吸引了他的注意,听着听着,他知道自己的意中人,就在那不远的荷塘中。"彻",本为不尽之意,这里形容菱歌的时断时续、经久不息,同时也描摹出歌声的清脆、响亮。姑娘们用歌声表达对生活的热爱和对幸福的憧憬,读者能从这歌声中想象出那采菱姑娘天真活泼、娇憨可爱的神情。

"知"字不仅表现了小伙子心情由焦急到喜悦的变化,而且点明他对姑娘的一举一动、一颦一笑都非常熟悉,正可从其知之深推测其爱之切。

短短的一首抒情诗,能写出诗中主人公的形象和思想活动,并有起伏、有波澜,给人以层出不穷之感。若非巧思妙笔,匠心独运,恐怕难以达到这样的艺术境界。

(刘永年)

▶ **储光羲**（约706—约763） 祖籍兖州（今山东济宁市兖州区），润州延陵（今江苏常州市金坛区）人。开元进士，天宝末官监察御史。曾在安禄山陷长安时受职，后被贬，死于岭南。其诗多写田园生活的闲适情趣，风格朴实。原有集七十卷，已散佚，明人辑存有《储光羲诗集》五卷。

# 江 南 曲 四 首（其三）

储光羲

日暮长江里，相邀归渡头。

落花如有意，来去逐轻舟。

赏析

《江南曲》为乐府旧题。宋代郭茂倩《乐府诗集》把它和《采莲曲》《采菱曲》等编入《清商曲辞》。唐代诗人学习乐府民歌，采用这些乐府旧题，创作了不少明丽、清新的诗歌。储光羲的《江南曲》，就属于这一类。

头两句点明时间、地点和情由。"相邀"二字，渲染出热情欢悦的气氛。江风习习，夕阳西下，一只只晚归的小船飘荡在这迷人的景色之中，船上的青年男女相呼相唤，桨声、水声、呼唤声、嬉笑声此起彼伏。

在那些"既觅同心侣，复采同心莲"的寻求伴侣的青年男女之间，有各种微妙的、欲藏欲露、难以捉摸的感情，矜持和羞怯的心理又不允许袒露自己的心事，后两句就是要表现这种复杂的心理和美好的愿望。"如有意"三字,使这"来去逐轻舟"的自然现象,感情化了,诗化了,既表现了那种揣测不定、留有余地的心理,也反映了那藏在心中的期望和追求。下语平易,而用意精深。

第四句有的本子作"来去逐船流",从诗意的角度来看,应该说"来去逐轻舟"更好些。因为"逐"字在这里就含有"流"的意思,上句说了"如有意",虽是满载一天劳动果实的船,此刻亦成为"轻舟",感情的色彩更鲜明。"轻舟"快行,"落花"追逐,这种紧相随、不分离的情景,也正是构成"如有意"这个联想的基础。

(赵其钧)

▶▶ **杜甫**（712—770） 字子美，诗中尝自称少陵野老。原籍襄阳（今属湖北），自其曾祖时迁居巩县（今河南巩义西南）。杜审言之孙。开元后期，举进士不第，漫游各地。后寓居长安（今陕西西安）近十年。及安禄山叛军陷长安，乃逃至凤翔，谒见肃宗，官左拾遗。长安收复后，随肃宗还京，寻出为华州司功参军。不久弃官往秦州、同谷。又移家成都，筑草堂于浣花溪上，世称浣花草堂。一度在剑南节度使严武幕中任参谋，武表为检校工部员外郎，故世称杜工部。晚年携家出蜀，病死湘江途中。一说死于耒阳。其诗显示了唐代由盛转衰的历史过程，被称为"诗史"。善于运用各种诗歌形式，尤以律诗见长，风格多样，而以沉郁为主。语言精练，具有高度的表达能力。宋以后被尊为"诗圣"。有《杜工部集》。

# 月 夜

### 杜 甫

今夜鄜①州月，闺中只独看。

遥怜小儿女， 未解忆长安。

香雾云鬟湿， 清辉玉臂寒。

何时倚虚幌， 双照泪痕干？

---

① 鄜（fū）州：今陕西富县。

**赏析**

　　天宝十五载（756）六月，安史叛军攻进潼关，杜甫带着妻小逃到鄜州。七月，肃宗即位于灵武（今属宁夏）。杜甫便于八月间离家北上，企图赶到灵武，为平叛效力。但当时叛军势力已膨胀到鄜州以北，他启程不久，就被叛军捉住，送到沦陷后的长安；望月思家，写下了这首千古传诵的名作。

题为《月夜》，作者悄焉动容，神驰千里，直写"今夜鄜州月，闺中只独看"。自己只身在外，当然是独自看月。妻子尚有儿女在旁，为什么也"独看"呢？"遥怜小儿女，未解忆长安"一联作了回答。用小儿女的"不解忆"反衬妻子的"忆"，突出了"独"字，又进一层。

特指"今夜"的"独看"，则心目中自然有往日的"同看"和未来的"同看"。安史之乱以前，作者困处长安达十年之久，有段时间是与妻子在一起度过的，一同忍饥受寒，也一同观赏长安的明月。当长安沦陷，一家人逃难，与妻子"同看"鄜州之月而共"忆长安"，已不胜其辛酸！如今自己身陷乱军之中，小儿女天真幼稚，只能增加她的负担，哪能为她分忧啊！

雾湿云鬟，月寒玉臂。望月愈久而忆念愈深，怎能不热泪盈眶？而这，又完全是作者想象中的情景。当想到妻子的时候，自己也不免伤心落泪。于是以表现希望的诗句作结："何时倚虚幌，双照泪痕干？"

这首诗借看月而抒离情，但"独看"的泪痕里浸透着天下乱离的悲哀，"双照"的清辉中闪耀着四海升平的理想。字字都从月色中照出，感伤"今夜"的"独看"，回忆往日的同看，而把并倚"虚幌"（薄帷）、对月舒愁的希望寄托于未来的同看。词旨婉切，章法紧密。如清黄生所说："五律至此，无忝诗圣矣！"（《杜诗说》）

（霍松林）

# 新 婚 别

杜 甫

兔丝附蓬麻，引蔓故不长。

嫁女与征夫，不如弃路旁。

结发为君妻，席不暖君床。

暮婚晨告别，无乃①太匆忙！

君行虽不远，守边赴河阳。

妾身未分明，何以拜姑嫜？

父母养我时，日夜令我藏。

生女有所归，鸡狗亦得将。

君今往死地，沉痛迫中肠。

誓欲随君去，形势反苍黄②。

勿为新婚念，努力事戎行！

妇人在军中，兵气恐不扬。

自嗟贫家女，久致罗襦裳。

罗襦不复施，对君洗红妆。

仰视百鸟飞，大小必双翔。

人事多错迕，与君永相望！

① 无乃：岂不是。

② 苍黄：本指青色和黄色。《墨子·所染》："见染丝者而叹曰：染于苍则苍，染于黄则黄。"后因以"苍黄"比喻极大的变化。

赏析

　　杜甫"三别"中的《新婚别》，采用独白形式，全篇先后用了七个"君"字，都是新娘对新郎倾吐的肺腑之言，读来深切感人。

　　这首诗大致可分为三段，也可以说是三层，一层比一层深，一层比一层高，每一层当中又都有曲折。第一段，从"兔丝附蓬麻"到"何以拜姑嫜"，主要是新娘诉说自己的不幸命运。封建社会里，女子得依靠丈夫才能生活，可现在她嫁的是一个"征夫"，很难指望白头偕老，用"兔丝附蓬麻"的比喻非常贴切。谁知道这洞房花烛之夜，却就是生离死别之时呢！头一天晚上刚结婚，第二天一早就得走，床席都没有睡暖，哪里像结发夫妻呢？身份都没有明确，怎么去拜见公婆呢？古代新嫁娘过门三天以后，要先告家庙，上祖坟，再拜见公婆，正名定分，才算成婚。新婚别的根由是一次"守边"战争。当时正值安史之乱，广大地区沦陷，边防不得不往内地一再迁移，现在边境是在洛阳附近的河阳，这岂不可叹？

　　第二段，从"父母养我时"到"形势反苍黄"，新娘表示了对丈夫的忠贞，要和他一同去作战，当年父母对自己非常疼爱，然而女大当嫁，"嫁鸡随鸡，嫁狗随狗"。可现在，"君今往死地，沉痛迫中肠"。本来决心要随"君"前去，但又怕把事情弄得更糟糕，左右为难。新娘那种心痛如割、心乱如麻的矛盾心理，刻画得非常曲折、深刻。

　　第三段，是从"勿为新婚念"到"与君永相望"一变哀怨沉痛的诉说而为积极的鼓励，表示了自己生死不渝的坚贞爱情。好不容易才备办得一套美丽的衣裳，现在不再穿了。当面就把脸上的脂粉洗掉，再没心情梳妆打扮了。她把幸福的理想寄托在丈夫的努力杀敌、奏凯而归上。

诗人运用了大胆的浪漫的艺术虚构，又以现实主义的精雕细琢，通过曲折剧烈的痛苦的内心斗争，表现战争环境中人物思想感情的发展变化，非常自然，符合事件和人物性格发展的逻辑。人物语言生动、逼真，采用了不少俗语，有助于语言的个性化，一韵到底，一气呵成，更有利于主人公的诉说和读者的倾听。

（萧涤非）

**诗 / 人 / 小 / 传**

▶▶ **岑参**(约715—770)　江陵(今湖北荆州市荆州区)人。天宝进士,曾随高仙芝到安西、武威,后又入封常清北庭幕府。安史之乱后入朝任右补阙。官至嘉州刺史,卒于成都,世称岑嘉州。长于七言歌行。所作善于描绘塞上风光和战争景象;气势豪迈,情辞慷慨,语言变化自如,色调雄奇瑰丽。与高适齐名,并称"高岑"。有《岑嘉州诗集》。

# 春　梦

岑　参

洞房昨夜春风起,遥忆美人湘江水。

枕上片时春梦中,行尽江南数千里。

**赏析**

　　这首诗的前两句写梦前之思。春回大地,风入洞房,该是春色已满人间了吧。季节的更换容易引起感情的波动,尤其当寒冷萧索的冬天转到晴和美丽的春天的时候。面对这美好的季节,怎么能不怀念在远方的美人呢?古代汉语中"美人"这个词,含义比现代汉语宽泛。它既指男人,又指女人;既指容色美丽的人,又指品德美好的人。在本诗中,大概是指离别的爱侣。在春风吹拂之中,想到湘江之滨的美人,相距既远,相会自难,所以更加思念了。

　　后两句写思后之梦。由于白天的怀想,夜眠洞房,因忆成梦。枕上虽只片刻,梦中却已走完去到江南(即湘江之滨)的数千里路了。梦中的迷离惝恍,暗示出平日的密意深情。北宋晏几道《蝶恋花》云:"梦入江南烟水路,行尽江南,不与离人遇。"即从此诗化出。醒时多年无法做到的事,在梦中片时就实现了,虽嫌迷离,终觉美好。谁没有这种生活经验呢?诗人在这里给予了动人的再现。

(沈祖棻)

诗 / 人 / 小 / 传

▶▶ **刘方平** 河南(今河南洛阳)人。开元、天宝在世。一生隐居不仕。与皇甫冉为诗友，为萧颖士赏识。善写闺情宫怨，诗多咏物写景之作，尤擅绝句。《全唐诗》存其诗一卷。

# 春　　怨

刘方平

纱窗日落渐黄昏，金屋无人见泪痕。

寂寞空庭春欲晚，梨花满地不开门。

赏析

　　这是一首宫怨诗。点破主题的是第二句"金屋无人见泪痕"。"金屋"，用汉武帝幼小时愿以金屋藏阿娇(陈皇后小名)的典故，表明所写之地是与人世隔绝的深宫，所写之人是幽闭在宫内的少女。其人因孤处一室、无人作伴而不禁下泪，纵然落泪也无人得见，无人同情。泪而留痕，可见其垂泪已有多时。这一句是全诗的中心句。

　　从时间布局看，诗的第一句是写时间之晚，第三句是写季节之晚。从第一句纱窗日暮，引出第二句窗内独处之人；从第三句空庭春晚，引出第四句庭中飘落之花。再从空间布局看，前两句是写屋内，后两句是写院中。由内及外，由近及远，从屋内的黄昏渐临写到屋外的春晚花落，从近处的杳无一人写到远处的庭空门掩。从色彩的点染看，诗一开头就使景物笼罩在暮色之中，涂上了一层暗淡的底色，衬映以洁白耀目的满地梨花，烘托出特定的环境气氛和主人公的伤春情绪，诗篇的色调与情调是一致的。

为了增强画面效果,深化诗篇意境,诗人还采取了重叠渲染、反复勾勒的手法。写了日落,又写黄昏,使暮色加倍昏暗;写了春晚,又写落花满地,使春色扫地无余;写了金屋无人,又写庭院空寂,更写重门深掩,把诗中人无依无伴的悲惨处境写到无以复加的地步。

在层层烘托怨情的同时,还以象征手法点出了美人迟暮之感,从而进一步显示诗中人身世的可悲、青春的暗逝。"日落""黄昏""春欲晚""梨花满地",都象征其命运,这使诗篇更深曲委婉、味外有味。

(陈邦炎)

## 诗 / 人 / 小 / 传

▶▶ **李端** 字正己,赵州(治今河北赵县)人。大历进士,授秘书省校书郎,后为杭州司兵参军。曾隐居衡山,自号衡岳幽人。约卒于贞元初。为"大历十才子"之一。其诗或为应酬之作,或表现避世思想,多为律体。有《李端诗集》三卷。

# 闺　情

李　端

月落星稀天欲明,孤灯未灭梦难成。

披衣更向门前望,不忿朝来鹊喜声!

　　这首诗明白晓畅,清新朴实,把闺中少妇急切盼望丈夫归来的情景,描写得含蓄细腻,楚楚动人。

　　"月落星稀天欲明",起笔描绘黎明前寥廓空寂的天宇,随后转向室内,描绘了另一番景象:"孤灯未灭梦难成。"女主人公有什么心事?这里已经产生一个悬念。作者似乎并不急于解决这个悬念,而把笔墨继续集中在少妇身上:"披衣更向门前望。"她在等待什么?要去看什么?悬念进一步加深。"不忿朝来鹊喜声!""乾鹊噪,行人至。"(《西京杂记》)这不明明预兆着日夜思念的"行人"——出了远门的丈夫马上要回来吗?可门外只有车尘马迹,哪里有丈夫的影儿!"不忿"(即不满、恼恨)二字,正传达出少妇由惊喜陡转忧伤的心情。

　　这不仅是对一只鸟儿的恼恨,这里凝聚着对丈夫痴恋的深情,多年来独守空房的痛苦以及不能把握自己命运的无望的怨叹。

诗的末句写得特别出色,不仅带着口语色彩,充满生活气息,而且在简洁明快中包容着丰富的情韵。诗人作了十分精练的概括,给读者留下思索的余地,诗意就变得含蓄隽永,耐人寻味了。

(周锡韨)

走进唐诗

爱情

# 题 红 叶

宣宗宫人

流水何太急，深宫尽日闲。

殷勤谢红叶，好去到人间。

据唐代范摅《云溪友议》记述，宣宗时，诗人卢渥到长安应举，偶然来到御沟旁，看见一片红叶，上面题有这首诗，就从水中取去，收藏在巾箱内。后来，他娶了一位被遣出宫的宫女。一天，宫女见到箱中的这片红叶，叹息道："当时偶然题诗叶上，随水流去，想不到收藏在这里。"北宋刘斧《青琐高议》和五代宋初孙光宪《北梦琐言》（据《太平广记》引）也有记载，但在朝代、人名、情节上略有出入。

故事在辗转流传中，当然不免被人添枝加叶，但也不会完全出于杜撰。从诗的内容看，很像宫人口吻，写的是一个失去自由和幸福的人对自由和幸福的向往。少女长期被幽闭在深宫之中，有时会有流年似水、光阴易逝、青春虚度、红颜暗老之恨，有时也会有深宫无事、岁月难遣、闲愁似海、度日如年之苦。前两句诗以流水之急与深宫之闲形成对比，就不着痕迹地托出了这种看似矛盾而又交织为一的双重苦恨。后两句运笔更委婉含蓄，妙在托物寄情，不从正面写自己的处境和心情，不直说自己的渴望，而从侧面下笔，只对随波而去的红叶致以殷勤的祝告。题诗人对身受幽囚的愤懑、对自由生活的憧憬以及她的冲破樊笼的强烈意愿,尽在不言之中。

（陈邦炎）

▶▶ **李益**(748—约829) 字君虞,郑州(今属河南)人。大历进士,初因仕途不顺,弃官客游燕赵间。后官至礼部尚书。其诗音律和美,为当时乐工所传唱。长于七绝,以写边塞诗知名。有《李君虞集》二卷。

# 鹧 鸪 词

## 李 益

湘江斑竹枝,锦翅鹧鸪飞。

处处湘云合,郎从何处归?

北宋郭茂倩《乐府诗集》卷八十《近代曲辞》收录《鹧鸪词》三首,有李益的这首和李涉的两首,在内容上均表现愁苦之情,而且都用"鹧鸪"的飞鸣来托物起兴,李涉的《鹧鸪词》,泛咏愁情,而李益的《鹧鸪词》写女子对远方情郎的思念,抒情较强烈,也更集中。

李益诗中的主人公是生活在湘江一带的女子。诗的开头不是直陈其事,正面描写,而是用"兴"的手法烘托和渲染,使愁情表现得更加含蓄而有韵致。首句"湘江斑竹枝"又兼用典。舜之二妃娥皇、女英,为舜南巡而死,泪下沾竹。诗中人看到湘江两岸的斑竹,连类而及,勾起怀念情郎的愁绪。那长着锦色羽毛的鹧鸪,振翅而飞,且飞且鸣。鹧鸪喜欢相对而啼,俗谓其鸣曰"行不得也哥哥"。鹧鸪的飞鸣,自然会使这位思妇的愁怀一发而不可收了。

"处处湘云合"一句,以笼罩在湘江之上的阴云,来比喻女主人公郁闷的心情。以阴云喻愁怀,这是古典诗歌中常见的艺术手法,既是对实景的描写,又巧妙地比喻女子愁闷的心情。

前三句构造出一幅有静有动的图画,把气氛烘托、渲染得相当浓烈;末句突然一转,发出"郎从何处归"的问语,使诗情显得跌宕多姿,写出了主人公盼郎归来的急切心情,人物与周围的环境达到和谐一致。

这首诗清新含蓄,善用比兴,具有民歌风味。抒情手法全靠气氛的渲染与烘托,很有特点。

(刘文忠)

# 写 情

### 李 益

水纹珍簟思悠悠,千里佳期一夕休。

从此无心爱良夜,任他明月下西楼。

### 赏析

这首七绝以《写情》为题,细玩全诗,很像是写恋人失约后的痛苦心情。

失约后的当天晚上,诗人躺在花纹精细、珍贵华美的竹席上,耿耿不寐,思绪万千。期待已久的一次佳期约会告吹了。对方变心了,而且变得如此之快,如此之突然。"佳期"而言"千里",可见是远地相期,盼望已久。"休"而言"一夕",见得吹得快,吹得彻底,吹得出人意外。而这又是刚刚发生的,正是诗人最痛苦的时刻,夜深人静,"最难将息"。一、二两句从因果关系来看是倒装句法,首句是果,次句是因。这令人痛苦的夜晚,偏偏却是一个风清月朗的良宵,以美景衬哀情,倍增其哀。用"良夜""明月"烘托和渲染愁情,孤独、怅惘之情更显突出,更含蓄,更深邃。

此诗艺术上的另一特点是用虚拟的手法来加强语气,突出人物形象,从而深化主题。三、四两句所表现的心情与外景的不协调,既是眼前情况的写照,更预设了今后的情景。"从此无心"四字表示决心之大,决心之大正见其痛苦之深。"任他"二字妙在既表现出诗人的心灰意懒,又描绘出主人公任性、赌气的个性特点,逼真且传神。这种虚拟手法,不借助任何字面勾勒,而是单刀直入,别具一格。

(刘文忠)

# 江　南　曲

## 李　益

嫁得瞿塘贾,朝朝误妾期。
早知潮有信,嫁与弄潮儿。

赏析

唐代商业已很发达,从事商品远途贩卖,长年在外经商的人日见增多，他们的妻子不免要空闺独守，过着孤单寂寞的生活。这样一个社会问题必然要反映到文学作品中来，抒写她们怨情的诗也就大量出现了。

这首诗以白描的手法传出一位商人妇的心声。前两句讲的是一件可悲、可叹的事实，语言平淡、朴实，没有作任何刻画和烘染。因为所写的事物本身就具有感染力量，表现手段愈平实，愈容易吸引读者。而且，一首诗在布局上要平、奇相配。上半首力求平实，是为了与下半首中的奇想、奇语形成对照，取得平衡。

根据上半首的内容，如果平铺直叙写下去，当是让这位少妇抱怨夫婿的无信，诉说自身的苦闷；但诗人竟让她异想天开，想到潮水有信，因而悔不嫁给弄潮之人，从一个不同寻常的角度，更深刻地展示了她苦闷的心情。既是痴语、天真语，也是苦语、无奈语。

明代钟惺在《唐诗归》中评这首诗："荒唐之想，写怨情却真切。"清代黄叔灿在《唐诗笺注》中说："不知如何落想，得此急切情至语。乃知《郑风》'子不我思，岂无他人'，是怨怅之极词也。"这首诗的妙处正在其落想看似无理，看似荒唐，却真实、直率地表达了少妇盼生怨、由怨而悔的内心活动。

唐代诗人善于从民歌吸取营养，这首诗就富有浓厚的民歌气息。《江南曲》是乐府旧题，诗人选择这一题目来写这样的内容，其有意模仿民歌，更是显而易见的。

（陈邦炎）

▶▶ **于鹄** 大历、贞元间人。初隐居汉阳（今湖北武汉）山中，后为诸府从事。与张籍交善。诗多描写隐居情趣，也有反映现实生活之作，风格疏远放逸。《全唐诗》存其诗一卷。

# 江 南 曲

### 于 鹄

偶向江边采白蘋，还随女伴赛江神①。

众中不敢分明语，暗掷金钱②卜远人。

---

① 赛江神：旧俗用仪仗、鼓乐、杂戏迎神出会，周游街巷。届时村民游观，商贩云集，引为喜庆，谓之"迎神赛会"。"赛江神"即为其中之一。

② 掷金钱：民间迷信的一种，以钱币占卜，其法不一。大抵于祷祝之后，以抛掷金钱的向背排列次序推断吉凶。

赏析

　　《江南曲》为乐府旧题，与清商曲《江南弄》七曲相近。于鹄这首诗是其中较有生活情趣的一篇。

　　从来写闺情多从思妇的梳妆打扮起始，继之以陌头杨柳、高楼颙望、长夜无眠等，这首诗却借质朴的民歌体裁，写出了不同的风采。

　　"偶向"二字说明人物"江边采白蘋"的举动心不在焉，出于一时的偶然。"还随女伴赛江神"，显然是无可无不可地跟着别人转悠。"还随"二字，反映出貌合神离的恍惚神情。"采白蘋"也好，"赛江神"也好，全都不是她此时此际本意欲行之事，不过反映她那一心惦记

"远人"、行无所适的烦乱而已。

　　她表面上似乎也和大家一样,向"江神"做祷告,祈求幸福,实际上她"暗掷金钱",乃是为了占卜"远人"何时归来。她怕人发觉而遭人取笑,占卜时不敢"分明语","掷金钱"装模作样,采取"暗掷"的方式来掩人耳目。诗人逼真细腻、委婉曲折地表现了这位少妇的深情与羞态。

　　这首诗连用"偶向""还随""不敢"等虚词,作为点睛的笔触,惟妙惟肖地再现了人物的内心活动,抓住一个动人的细节来刻画人物心理,别具一格。

（陶慕渊）

▶▶ 孟郊(751—814) 字东野,湖州武康(今浙江德清)人。少年时隐居嵩山。近五十岁才中进士,任溧阳县尉。与韩愈交谊颇深,并称"韩孟"。其诗感伤遭遇,多寒苦之音。用字造句力避平庸浅率,追求瘦硬。与贾岛齐名,有"郊寒岛瘦"之称。有《孟东野诗集》。

# 怨　诗

孟　郊

试妾与君泪,两处滴池水。

看取芙蓉花,今年为谁死!

赏析

　　韩愈称赞孟郊为诗"刿目鉥心,刃迎缕解,钩章棘句,掏擢胃肾,神施鬼设,间见层出"(《贞曜先生墓志铭》),就是讲究艺术构思。

　　艺术构思是很重要的,有时竟是创作成败的关键。女子相思的痴情是古典诗歌中最常见的主题,不同诗人写来就各有一种面貌。李白《长相思》云:"昔日横波目,今成流泪泉。不信妾肠断,归来看取明镜前。"据说李白的夫人看了这首诗,说:"君不闻武后诗乎?'不信比来常下泪,开箱验取石榴裙。'"使"太白爽然若失"(见《柳亭诗话》)。何以"爽然若失"?因为武后已有同样的构思在先,李白自觉尚未能翻出她的手心哩。

　　孟郊似乎存心要与前人争胜毫厘,也写了落泪,也写了验证相思深情的意思,也是代言体,诗中女子的话却比武诗、李诗说得更痴心、更傻气。她要求与丈夫(她认定他一样在苦苦相思)来一个两地比试，以测定谁的相思之情更深。相思之情看不见，摸不着，没体积，不具形象，可女子想出的比试法儿是多么奇妙：试把两个人的眼泪，各自滴在莲花（芙蓉）池中，谁的泪更多，更苦涩，花就将"为谁"而"死"，谁的相思之情更深，自然也就测定出来了。李白诗云："昔日芙蓉花，今为断肠草。"（《妾薄命》）可见"芙蓉"对相思的女子，亦有象征意味。

"换你心，为我心，始知相忆深"（五代后蜀顾夐《诉衷情》），自是透骨情语，孟郊《怨诗》似乎也说着同一个意思，但没有以直接的情语出之，而假景语以行，写来更饶有回味。诗的用韵也很考究，没有按通常那样采用平调，而用细微的上声"纸"韵相叶，对于表达低抑深思的感情十分相宜。

（周啸天）

# 古　别　离

## 孟　郊

欲别牵郎衣，"郎今到何处？

不恨归来迟，莫向临邛去！"

### 赏析

这首小诗情真意挚，质朴自然。

开头"欲别"二字,扣题中的"别离",也为以下人物的言行点明背景。女主人公"牵郎衣",主要是为了使"欲别"将行的丈夫能停一停,好静静地听一听自己的话。这急切、娇憨的动作中,流露出一种郑重而又亲昵的情态。

"郎今到何处?"等到"欲别"之际才问"到何处",这似乎令人费解。但联系第四句来看,便知道使她忐忑不安的并不是不知"到何处",而是担心他去"临邛"。那才是她真正急于要说而又一直难于启齿的话。这个多余的弯子,是多么传神地画出了她此刻心中的慌乱和矛盾啊!

第三句放开一笔,转到归期。按照常情,该是盼郎早归,她却偏说"不恨归来迟"。要体会这个"不恨",也必须联系第四句。临邛,即今四川邛崃,是汉代司马相如在客游中与卓文君相识相恋之处,借喻男子觅得新欢之处。可见"不恨",是以"归来迟"与"临邛去"比较而言。这句诗不是反语,也不是矫情,而是愿以两地相思的痛苦赢得彼此永远相爱的真情。诚所谓"诗从肺腑出,出辄愁肺腑"(宋苏轼《读孟郊诗》)。

诗的前三句拐弯抹角,都是为了引出、衬托第四句,第四句才是"谜底",是全诗的出发点和归宿,只有抓住它方能真正地领会前三句,咀嚼出全诗的情韵。诗人用这种回环婉曲、欲进先退、摇曳生情的笔触,洗练又细腻地刻画出女主人公在希求美满爱情生活的同时又隐含着忧虑不安的心理,并从这个矛盾之中凸显她坚贞诚挚、隐忍克制的品格,言少意多,隽永深厚,并从一个侧面反映了封建时代妇女可悲的处境。诗用短促的仄声韵,亦有助于表现人物急切、不安的神情。

(赵其钧)

# 古 怨 别

孟 郊

飒飒秋风生,愁人怨离别。

含情两相向,欲语气先咽。

心曲千万端,悲来却难说。

别后唯所思,天涯共明月。

这是一首描写情人离愁的诗歌。

"飒飒秋风生,愁人怨离别。"交代离别时的节令,并用"飒飒秋风"渲染离愁别绪。"含情两相向,欲语气先咽。""相向",就是脸对着脸、眼对着眼。"含情"二字使人想象依恋难舍的情景。想对爱人说些什么,早已抽抽咽咽,还能说出什么来呢!这两句极为生动传情,北宋柳永便把它点化到自己的词中,写出了"执手相看泪眼,竟无语凝咽"(《雨霖铃》)的名句。抽咽稍定,到能够说话之时,却反而觉得没话可说了:"心曲千万端,悲来却难说。""未说一言,胜过千言",更表现了他们深挚的爱情和相互信赖。最后用一幅开阔的画面,写出了他们对别后情景的遐想:"别后唯所思,天涯共明月。"在月光之下思念对方的情状,使人想起"但愿人长久,千里共婵娟"(北宋苏轼《水调歌头》)的相互祝愿。

诗人换用几种不同的表现手法,把抽象的感情写得很具体而动人。"悲来却难说"一句,本是极抽象的叙述语,但由于镶嵌在恰当的语言环境里,反而有"用常得奇"的艺术效果。

（傅经顺）

# 啰唝曲六首（其一、其三、其四）

无名氏

## 其　一

不喜秦淮水，生憎江上船。

载儿夫婿去，经岁又经年。

## 其　三

莫作商人妇，金钗当卜钱。

朝朝江口望，错认几人船。

## 其　四

那年离别日，只道住桐庐。

桐庐人不见，今得广州书。

　　《全唐诗》录《啰唝曲》六首，以刘采春为作者。而据唐代范摅《云溪友议》记述，采春为中唐时女伶，"所唱一百二十首，皆当代才子所作"，举引了她所唱歌词七首，六首五言的与《全唐诗》所录相同，另一首七言的是于鹄《江南曲》。因此《啰唝曲》不一定是她所作。

元稹有《赠刘采春》诗,说她"选词能唱《望夫歌》"。《望夫歌》就是《啰唝曲》。清代方以智《通雅》卷二十九《乐曲》云:"啰唝犹来罗。""来罗"有盼望远行人回来之意。据说"采春一唱是曲,闺妇、行人莫不涟泣",这类当时民间流行的小唱,在文人诗篇之外,确实另有风貌,一帜别树。其特色是:直叙其事,直表其意,直抒其情,语言上脱口而出,不事雕琢,手法上纯用白描,全无烘托,而自饶姿韵,风味可掬。

"不喜秦淮水"一首写因长期分别而生的闺思,把想入非非的念头、憨态横生的口语写入诗篇,读诗如见人。这位少妇独处空闺、百无聊赖,一会怨水,一会恨船,既说"不喜",如清代沈德潜在《唐诗别裁集》中所评:"'不喜''生憎''经岁''经年',重复可笑,的是儿女子口角。"

"莫作商人妇"一首,写盼归不归的怨情。夫婿是"重利轻别离"的商人,不知归期何日,只有求助于占卜。于鹄《江南曲》有"暗掷金钱卜远人"句,这里用金钗代替金钱,想必为了取用便利,可见其占卜之勤。由于归期无定,在占卜的同时,不免要"朝朝江口望"。但得到的只是"错认几人船"的结果。其望归之切、期待之久、错认后的失望之深也就可想而知了。

"那年离别日"一首,写夫婿之行踪无定。清代李锳在《诗法易简录》中分析:"桐庐已无归期。今在广州,去家益远,归期益无日矣。只淡淡叙事,而深情无尽。"诗中人只有空闺长守,一任流年似水,青春空负。

(陈邦炎)

▶ 崔护(？—831) 字殷功,蓝田(今属陕西)人。贞元进士,官至岭南节度使。

# 题 都 城 南 庄

### 崔 护

去年今日此门中,人面桃花相映红。

人面不知何处去,桃花依旧笑春风。

这首诗有一段颇具传奇色彩的本事:"(崔护)举进士下第,清明日,独游都城南,得居人庄。一亩之宫,而花木丛萃,寂若无人。扣门久之,有女子自门隙窥之,问曰:'谁耶?'以姓字对,曰:'寻春独行,酒渴求饮。'女人,以杯水至,开门,设床命坐,独倚小桃斜柯伫立,而意属殊厚,妖姿媚态,绰有余妍。崔以言挑之,不对,目注者久之。崔辞去,送至门,如不胜情而入,崔亦眷盼而归。嗣后绝不复至。及来岁清明日,忽思之,情不可抑,径往寻之,门墙如故,而已锁扃之,因题诗于左扉曰……"(唐代孟启《本事诗·情感》)。

是否真有其事,颇可怀疑。也许竟是先有了诗,然后据以敷演成上述"本事"的。

四句诗包含着一前一后两个场景相同、相互映照的场面。第一个场面是寻春遇艳。"人面桃花相映红"虽自北周庾信《春赋》"面共桃而竞红"化出,但运用之妙,不仅为艳若桃花的"人面"设置了美好的背景,衬出光彩照人的面影,而且含蓄地表现出诗人目注神驰、情摇意夺的情状,和双方脉脉含情、未通言语的情景。

第二个场面是重寻不遇。还是春光烂漫、百花吐艳的季节,还是花木扶疏、桃柯掩映的门户,而使这一切都增光添彩的"人面"却不知何处去,只剩一树桃花仍在春风中凝情含笑。桃花含笑的联想,本从去年桃柯下少女的凝睇含笑而来;"依旧"二字,正含有无限怅惘。

整首诗用"人面""桃花"作为贯串线索,通过"去年"和"今日"同时同地同景而"人不同"的映照对比,回环往复、曲折尽致地表达了失去美好事物的怅惘。

尽管这首诗有某种情节性,甚至是戏剧性,但其典型意义却在于抒写了某种人生体验(偶然、不经意之下遇到的美好事物,有意追求时却再也不可复得)。这也说明,唐人更习惯于以抒情诗人的眼光、感情来感受生活中的情事。

(刘学锴)

▶▶ **权德舆**(759—818) 字载之,天水略阳(今甘肃秦安东南)人。由谏官累迁至礼部尚书同平章事。今存《权载之文集》。《全唐诗》存其诗十卷。

走进唐诗 爱情

# 玉台体十二首(其十一)

### 权德舆

昨夜裙带解, 今朝蟢子①飞。
铅华②不可弃,莫是藁砧③归!

---

① 蟢(xǐ):蟏(xiāo)蛸(shāo)的通称,蜘蛛的一种。
② 铅华:铅粉,此指粉黛之类的化妆品。
③ 藁(gǎo)砧(zhēn):本是切草砧石,切草要用铁(同"斧"),"铁"与"夫"同音,故六朝人把藁砧作为代指丈夫的隐语。

赏析

南朝徐陵曾把梁代以前的诗编选为《玉台新咏》十卷。这一诗集以香艳者居多。权德舆此首标明仿效"玉台体",写的是闺情,感情真挚,朴素含蓄,可谓俗不伤雅,乐而不淫。

人在寂寞烦忧之时,常常要左顾右盼,寻求解脱苦恼的征兆。我国古代妇女的结腰系裙之带,或丝束,或帛缕,或绣绦,一不留意,就难免绾结松弛。这自古以来被认为是夫妇好合之预兆。"昨夜裙带解",多情的女主人公马上就把这一偶然现象与自己的思夫之情联系起来了。莫不是丈夫要回来了吗?第二天,晨曦临窗,蟢子飘舞若飞。

"蟢"者,"喜"也。"今朝蟢子飞",祥兆迭连出现,这难道会是偶然的吗?喜出望外的女主人公于是决定好好打扮一番,迎接丈夫归来。

这首诗,文字质朴无华,但感情却表现得细致入微:"裙带解""蟢子飞"这些引不起一般人注意的小事,却荡起了女主人公心灵上无法平静的涟漪。诗又写得含蓄而耐人寻味。丈夫出门后,女主人公的处境、心思、生活情态如何,作者都未作说明,但从"铅华不可弃"的心理独白中,便有一个"岂无膏沐,谁适为容"(《诗经·卫风·伯兮》)的思妇形象跃然纸上。通篇描摹心理,用语切合主人公的身份、情态,仿旧体而又别开生面。

(傅经顺)

▶▶ **王建**(约767—约830) 字仲初,关辅(今属陕西)人。出身寒微。大历进士。晚年为陕州司马,又从军塞上。擅长乐府诗,与张籍齐名,世称"张王"。其以田家、蚕妇、织女、水夫等为题材的诗篇,对当时社会现实有所反映。所作《宫词》一百首颇有名。有《王司马集》。

走进唐诗 *爱情*

# 望 夫 石

## 王 建

望夫处,江悠悠。 化为石,不回头。

山头日日风复雨,行人归来石应语。

**赏析**

　　相传,古代有一女子,因丈夫离家远行,经久未归,就天天上山远望。但多年过去,丈夫终未回来,她便在山巅化为石头。这个故事起源于今湖北武昌附近,流传广泛,许多地方都有望夫山、望夫石、望夫台。我国古典诗歌中,有不少以这富有浪漫主义色彩的民间传说为题材的作品,这首《望夫石》感深情切,在众多的诗作中独具特色。

　　头四句绘出一幅生动感人的图画:山,无语伫立;水,不停流去。山、水、石,动静相间,相映生辉,融入了深挚的情意。"望夫处,江悠悠",描绘江水滔滔不绝,既交代了故事的背景,渲染了浓郁的抒情气氛,又衬托望夫石的形象:仿佛有生命,在思念,在等待。以动景衬静物,不仅使画面生动,有立体感,也暗喻思妇怀远之情的绵绵不绝,富有形象性和艺术感染力。

"化为石,不回头",以拟人手法具体描绘望夫石的形象。人已物化为石,石又曲尽人意,人与物合,情与景谐,把思妇登临的长久、想念的深切、对爱情的忠贞不渝刻画得淋漓尽致。

　　"山头日日风复雨",望夫石长久地经受着风吹雨打,没有改变初衷,依然伫立江岸。写石头的形象和品格,说的仍是思妇的坚贞。她历经种种艰难困苦,饱尝相思的折磨,依然盼望着,等待着。

　　"行人归来石应语",是浪漫的推想:远行的丈夫归来时,石头定然会倾诉相思的衷肠啊!而行人何日归,可曾知道思妇的相思?石头能否说话?这些都留给读者去思索了。

　　这首诗于平淡质朴中,含悠然不尽之意,像是信手拈来,不费力气,却情意无穷,耐人咀嚼,发人深想,极有情味,很能引起人们的共鸣。

（张秉戌）

▶▶ 薛涛（？—832） "涛"亦作"陶"。字洪度，长安（今陕西西安）人。幼时随父入蜀。后为乐妓。能诗，时称女校书。曾居浣花溪，创制深红小笺写诗，人称薛涛笺。《蜀笺谱》谓其卒时年七十三，但也有不同意此说者。现存诗以赠人之作较多，情调伤感。原有集，已佚，明人辑有《薛涛诗》，后人又辑存她与李冶的诗，编为《薛涛李冶诗集》二卷。

走进唐诗

爱情

# 牡　丹

薛　涛

去春零落暮春时，泪湿红笺怨别离。

常恐便同巫峡散，因何重有武陵期？

传情每向馨香得，不语还应彼此知。

只欲栏边安枕席，夜深闲共说相思。

这首诗把花与人之间的感情反复掂掇，情意绵绵，构思新巧，独具风采。

"去春零落暮春时，泪湿红笺怨别离。"从去年与牡丹的分离落墨，把人世间的深情厚谊浓缩在别后重逢的特定场景之中，读来亲切感人。"红笺"，当指诗人本人创制的薛涛笺。

"常恐便同巫峡散，因何重有武陵期？"化牡丹为情人，笔触细腻而传神，承上文的怨别离，拈来战国楚宋玉《高唐赋》中楚王和巫山神女梦中幽会的故事，把晋陶渊明《桃花源记》中武陵渔人意外发现桃源仙境和刘晨、阮肇遇仙女的传说捏合在一起(另见《全唐诗》卷六九〇王涣《惆怅诗》),给花、人之恋抹上梦幻迷离的色彩,罩上神仙奇遇的面纱。两句妙于用典,变化多端,曲折尽致。

"传情每向馨香得,不语还应彼此知。"既以"馨香""不语"射牡丹花的特点,又以"传情""彼此知"关照前文,花与人相通,人与花同感,显而不露,含而不涩。

末两句将诗情推向高潮:"只欲栏边安枕席,夜深闲共说相思。""安枕席"于栏边,如对故人抵足而卧,情同山海。深夜说相思,见其相思之渴,相慕之深。这两句想得新奇,写得透彻。

诗人将牡丹拟人化,用向情人倾诉衷肠的口吻写成此诗,别致而亲切,自有一种醉人的艺术魅力。

(汤贵仁)

▶▶ **韩愈**（768—824） 字退之,河南河阳(今河南孟州南)人。自谓郡望昌黎,世称韩昌黎。贞元进士。曾任国子博士、刑部侍郎等职,因谏阻宪宗迎佛骨,贬为潮州刺史。后官至吏部侍郎。卒谥文,世称韩文公。与柳宗元同为古文运动的倡导者,并称"韩柳"。其散文在继承先秦、两汉古文的基础上加以创新和发展,气势雄建,被列为"唐宋八大家"之首。其诗力求新奇,有时流于险怪,又善为铺陈,好发议论,后世有"以文为诗"之评,对宋诗影响颇大。诗与孟郊齐名,并称"韩孟"。有《昌黎先生集》。

走进唐诗 爱情

# 青青水中蒲三首

## 韩 愈

青青水中蒲①,下有一双鱼。
君今上陇去, 我在与谁居?

青青水中蒲, 长在水中居。
寄语浮萍草, 相随我不如。

青青水中蒲, 叶短不出水。
妇人不下堂, 行子在万里。

---

① 蒲: 即香蒲。有匍匐横生的地下根状茎,由此发生新芽,叶细长而尖,"春初生嫩叶,出水时红白色,茸茸然"(明李时珍《本草纲目·草部》)。

赏析

　　这三首乐府诗是具有同一主题的组诗——思妇之歌,写于贞元九年(793年),是青年时代的韩愈寄给他的妻子卢氏的。清人陈沆《诗比兴笺》说是"寄内而代为内人怀己之词",是一种"代内人答"的体裁,风格别致。

第一首描绘送别情景,以水中蒲草起兴,衬托离思的氛围,又以蒲草下一双鱼作比,以反衬思妇的孤独。鱼儿成双作对,她却要与夫君分离,不免触景生情,依依不舍:您如今要上陇州(治今陕西陇县)去,谁跟我在一起呢?短短四句诗,上下两联形成鲜明的对照:地域上看,"青青水中蒲"是风光明丽、蓬蓬勃勃的中原河边;而"君今上陇去",却是偏远荒凉的西北边境。情调上看,"下有一双鱼",多么欢愉而写意;"我在与谁居",女主人公又多么伶仃而落寞。

第二首仍言离情,以不同方式作反复回环的表现。前两句是比,以蒲草"长在水中居"象征女主人公长居家中,不能随夫而行。又用自由自在随水漂流的浮萍反衬,思妇寄语浮萍,感慨蒲不如浮萍之能相随。

第三首主题相同,一唱三叹。"青青水中蒲,叶短不出水",两句有兴有比,用蒲草比喻思妇之不能随夫出门。"妇人不下堂,行子在万里",空间距离那么遥远,女主人公的孤单凄苦也就可想而知。没有相思之语,而思夫之情自见。

三首诗是一脉贯通,相互联系。

第一首,行子刚刚出门离家,思妇的离情别绪尚处在发展的起点上。第二首,行子远去,思妇叹息"相随我不如",离愁比以前浓重多了。第三首,女主人公的孤凄随着行子"在万里"而与日俱增,全诗在感情高潮中戛然而止,余韵无穷。

在体裁上,《青青水中蒲》继承《诗经》、汉乐府的传统而推陈出新。清代朱彝尊谓"篇法祖毛诗,语调则汉魏歌行耳"。

其语言通俗流畅,风格像民歌般朴素自然,前人赞之曰"炼藻绘入平淡",正道出其风格特色。

（何国治）

诗 / 人 / 小 / 传

▶▶ 张仲素（约769—819） 字绘之，河间（今属河北）人。贞元进士，官翰林学士、中书舍人。工诗善文，精于乐府，善写闺情。《全唐诗》存其诗一卷。

# 春 闺 思

张仲素

袅袅城边柳，青青陌上桑。

提笼忘采叶，昨夜梦渔阳。

赏析

  风俗画画家画不出时间的延续，须选"包孕最丰富的片刻"画之，使人从一点窥见事件的前因后果。唐人五绝名篇也常有这种手法的运用，张仲素《春闺思》就是好例。

  这诗的诗境很像画，甚而有几分像雕塑。城边、陌上、柳丝与桑林，已构成春郊的场景。"袅袅"写出柳条依人的意态，"青青"是柔桑逗人的颜色，两个叠词渲染出融和骀荡的无边春意。读者如睹一幅村女采桑图："蚕生春三月，春柳正含绿。女儿采春桑，歌吹当春曲。"（《采桑度》）前两句不仅是一般地写景，还给女主人公的怀思提供了典型环境：城边柳勾起送人的往事，柔桑使人联想到"昼夜常怀丝（思）"的春蚕，则思妇眼中之景无非难堪之离情了。

  后二句在蚕事渐忙、众女采桑的背景上现出女主人公的特写形象：倚树凝思，手提空"笼"，身在桑下而心不在焉。末句点出"渔阳"

二字,意味深长。"渔阳"是唐时征戍之地,原来她是思念从军的丈夫。推到昨夜,写来更婉曲,且能见昼夜怀思、无时或已之意,比单写眼前之思,情意更加深厚。

关于"提笼忘采叶",明代杨慎道是"从《卷耳》首章翻出"。《诗经·周南·卷耳》写女子怀念征夫,首章云:"采采卷耳,不盈顷筐。嗟我怀人,置彼周行。"其情景确与此诗有神似处。但《卷耳》把怀思写得非常具体,而此诗将思妇昨夜之梦境及此刻的心情一概留给读者,语约而意远。它已从古诗人手心"翻出"了。

(周啸天)

# 秋 夜 曲

## 张仲素

丁丁漏水夜何长,漫漫轻云露月光。

秋逼暗虫通夕响,征衣未寄莫飞霜。

这首诗写闺中人一夜间的情思,抒情细腻,结构工巧。女主人公因丈夫远行,离情萦怀。计时的漏壶在静夜里响起"丁丁"的滴水声,一滴滴,一声声,仿佛敲打在她心坎上。她百无聊赖地把目光投向天空,天幕上无边无际的轻云在缓慢地移动,月亮时而被遮住,时而又露了出来。在失眠的长夜里,暗处的秋虫通宵鸣叫。听着听着,她突然想到该是给丈夫准备寒衣的时候了。第三句中的"通夕"二字明写秋虫鸣叫的时间之长,暗示思妇通宵达旦未能成眠。"逼"字用得神妙,既"逼"出秋虫的叫声,衬出思妇难耐的寂寞,又"逼"得她转而想到寒衣,自然引出抒情的末句。"征衣未寄莫飞霜"是思妇内心的独白。是在向老天爷求告,还是在径直命令? 这天真的出语,可见她对丈夫的无限深情。

这首诗的前三句以情取景,末句点出景中之情,思妇情浓意深的一片心声,使人恍然大悟:原来诗人在《秋夜曲》中所要弹奏的,不是别的,而是思妇心上的那根悠思绵绵的情弦。

(陈志明)

# 秋闺思二首

张仲素

碧窗斜月①蔼深晖,愁听寒螀②泪湿衣。
梦里分明见关塞,不知何路向金微。

秋天一夜静无云,断续鸿声到晓闻,
欲寄征衣问消息,居延城外又移军。

---

① 碧窗斜月:一作"碧窗斜日"。联系全篇来看,似以"月"字为佳。
② 螀(jiāng):蝉类。寒螀,寒蝉。

走进唐诗 爱情

第一首诗首二句写思妇醒时情景,接着写她的梦境,是倒装写法。

她一觉醒来,只见斜月透进碧纱窗照到床前,更有秋虫悲鸣,使人泪湿衣襟。

刚才在梦里,不是分明地见到关塞了么?那正是她魂牵梦萦的地方。良人就出征到那里。快,赶上前去吧!想到良人所驻防的金微山去,却迷失了方向,连路也找不着了。一急,就此醒来。金微山即今阿尔泰山,是当时关塞所在。

诗人以饱蘸同情之泪的笔,写出了她的一片痴情。

第二首写思妇心潮起伏,一夜不眠。她看到夜静无云,听到鸿声断续。鸿雁传书,她便想到要寄征衣。但寄到哪儿去呢?本想寄到遥远的居延城(古边塞,故城在今内蒙古额济纳旗东南),谁想到,如今那儿又在移军。真叫人愁绪万般,坐卧不宁。

初、盛唐时,国力强盛,诗歌洋溢着高昂、乐观的情调。中唐诗的基调开始转为低沉。就这两首诗而论,从思妇的悲愁惶惑里,可以看出边关动乱不宁的影子。

从风格看,盛唐气象,往往贵在雄浑,一气呵成。中晚唐作品则讲究用意用笔的曲折,以耐人寻味见长。像这二首中,"梦里"句是一折,"不知"句又是一折,如此回环曲折,方将思妇的心情极细致地表达出来。"居延"句亦是曲折的写法,出乎意料,而加深了主题,丰富了内涵。

二首均有声有色,有情景交融之妙。用字亦有讲究。如用"蔼"字表现月光深暗,创造氛围。用"静"字显示夜空的冷寂,衬出下文"鸿声"之清晰,女主人公则惟闻此声,勾起天寒欲寄征衣的满腔心事。

(钱仲联　徐永端)

▶▶ 王涯（约 764—835） 字广津，太原（今山西太原西南）人。贞元进士，为翰林学士。元和中拜中书侍郎。后出为剑南、东川节度使，文宗时为相。甘露之变时为宦官仇士良等所杀。善为诗，长于绝句。《全唐诗》存其诗一卷。今有辑本《三舍人集》。

# 秋思赠远二首

王　涯

当年只自守空帷，梦里关山觉别离。

不见乡书传雁足，惟看新月吐蛾眉。

厌攀杨柳临清阁，闲采芙蕖傍碧潭。

走马台边人不见，拂云堆畔战初酣。

**赏析**

　　这两首诗描写了诗人对妻子真挚专一的爱情，语言洗练，意境明朗，亲切感人，向为人们称道。

　　第一首开头两句，上句说了"当年"，下句便含"至今"之意。"只自"是唐人口语，作"独自"讲，句中含有甘心情愿的意味。上句写宿志兼点处境，下句写梦幻兼诉情思，表现出诗人怀念妻子的深情。相传王涯与妻情笃，虽做高官而"不蓄妓妾"（元代辛文房《唐才子传》）。

　　后两句，上句说"不见乡书"，下句道"惟看新月"，对举成文，显示了诗人对家书的时时渴望和乡书不见、无可奈何的怅惘。诗人对月怀人,浮想联翩,仿佛那弯弯新月就像娇妻的蛾眉。末句以景结情,更给人以语近情遥、含吐不露的艺术美感。

从内容看,第二首显然是写于穆宗朝诗人节度边陲之际。

古人折柳送别,杨柳便成了伤别的象征。诗开头说,"厌攀杨柳临清阁","厌"字一贯全句。"杨柳"触起离思,厌之有理;官署中的"清阁"似送别时的长亭,也令人伤情。"闲采芙蕖傍碧潭",一个"闲"字,刻画出诗人的情不自禁。芙蕖在手,但仿佛跳入诗人眼帘的却是蝤首蛾眉、美目盼兮的娇妻。诗笔锋一转,写道:"走马台边人不见,拂云堆畔战初酣。""走马台"系指汉时张敞"走马章台街"之事。"拂云堆"在朔方,代征战之地。娇妻既在千里之外,想效张敞画眉之事已不可能,而现在边关多事,应以国事为重,儿女之情暂且放一放吧!诗人极力要从思恋中解脱出来,恰是更深一层地表现了怀念妻子的萦绕之情,也完满地表达了"秋思赠远"的题意。

诗人将思远之情写得深情绵邈,卒章处却是开阔雄放。缠绵与雄放,一般是难得相容的,但在他笔下却达到了自然和谐的妙境,表现出既富有感情又能正确对待的风度。诗的个性就在于此,作品的可贵也在于此。

(傅经顺)

▶▶ **刘禹锡**(772—842) 字梦得,洛阳(今属河南)人,自言系出中山(治今河北定州)。贞元进士,登博学宏词科。授监察御史,因参加王叔文集团,贬朗州司马,迁连州刺史。后以裴度力荐,任太子宾客,加检校礼部尚书。世称刘宾客。与柳宗元友善,并称"刘柳"。晚年与白居易唱和甚多,并称"刘白"。其诗雅健清新,善用比兴寄托手法。《竹枝词》《杨柳枝词》等组诗,富有民歌特色,为唐诗中别开生面之作。有《刘梦得文集》。

# 淮 阴 行 五 首(其四)

## 刘禹锡

何物令侬羡?羡郎船尾燕。

衔泥趁樯竿,宿食长相见。

**赏析**

早春时节,清淮浪软,紫燕双飞。一位少妇在船埠给自己的丈夫送行。诗中略去了一切送别场面的描写,一落笔就抓住了她的心理活动,集中描写她的内心独白。

"何物令侬羡?羡郎船尾燕。"握别之际,深情难舍,千言万语涌上心头,究竟从何说起呢?首句提出了一个奇怪的问题:什么东西使我羡慕?次句的回答更出人意外:羡慕丈夫船尾的燕子。这一问一答,痴人痴语,既不关情,也无关送别,似乎很不得体,但三、四两句一转,便使疑团涣然冰释,画面顿时活跃起来。

"衔泥趁樯竿,宿食长相见。"燕子随船飞行,在樯竿上停留,天天都能见到自己丈夫;而人不如燕,自己反不能相随而去。不说想以身相随，而说羡慕燕子，宛转达意，以曲取胜，显得风流蕴藉。她希望能像燕子那样天天见到自己丈夫的食宿情况，出语温柔体贴，细腻地表达了对丈夫的深情厚爱。北宋诗人黄庭坚说："《淮阴行》情调殊丽，语气尤稳切。"（山谷题跋）这首诗用比兴体托物抒怀，正是乐府本色。南朝乐府民歌《三洲歌》云："风流不暂停，三山隐行舟。愿作比目鱼，随欢千里游。"两相比较，二诗机杼相同，神理暗合。刘禹锡在诗前小序称："作《淮阴行》以裨乐府。"可见作者学习南朝乐府民歌的努力。

（吴汝煜）

# 竹 枝 词 二 首（其一）

### 刘禹锡

杨柳青青江水平，闻郎江上唱歌声。

东边日出西边雨，道是无晴还有晴。

赏析

竹枝词是巴渝（今重庆）一带民歌中的一种，唱时以笛、鼓伴奏，同时起舞，声调宛转动人。刘禹锡任夔州刺史时，依调填词，作十余首，这是其中一首摹拟民间情歌的作品，写一位沉浸在爱情中的少女的心情。她爱着一个人，可还没有确实知道对方的态度，既抱希望，又有疑虑,既欢喜,又担忧。诗人用她自己的口吻,将这种微妙复杂的心理成功地予以表达。

第一句写景,是她眼前所见:杨柳垂拂青条,江水平如镜面。第二句写她耳中所闻:忽然听到江边传来的歌声,多么熟悉,一飘到耳里,就知道是谁唱的了。第三、四句接写她的心理活动。姑娘虽然早就爱上了这个小伙子,但他还没什么表示哩。今天,他从江边走来,边走边唱,似乎对自己多少有些意思。这给了她很大的安慰和鼓舞,她想:这个人倒像黄梅时节晴雨不定的天气,说是晴天吧,西边还下着雨,说是雨天吧,东边又还出着太阳,可真有点捉摸不定。这里晴雨的"晴",暗指感情的"情","道是无晴还有晴",就是"道是无情还有情"。通过这两句极其形象又极其朴素的诗,她的迷惘、眷恋,她的忐忑不安,她的希望和等待,便都刻画出来了。

这种根据汉语语音的特点形成的表现方式,是历代民间情歌中所习见的,是谐声的双关语,也是基于活跃联想的生动比喻,往往取材于眼前习见的景物,明确但又含蓄地表达了微妙的感情。南朝的吴声歌曲中,《子夜歌》云:"桐树生门前,出入见梧子。"("梧子"双关"吾子",即我的人。)又:"雾露隐芙蓉,见莲不分明。"("芙蓉"即莲花。"见莲",双关"见怜"。)《七日夜女歌》:"桑蚕不作茧,昼夜长悬丝。"("悬丝"是"悬思"的双关语。)

这类民间情歌源远流长,自来为人民群众所喜爱。诗人偶加摹仿,便显得新颖可喜,引人注意。刘禹锡这首诗为广大读者所爱好,这也是原因之一。

(沈祖棻)

# 踏 歌 词 四 首（其一）

刘禹锡

春江月出大堤平，堤上女郎连袂行。

唱尽新词欢不见，红霞映树鹧鸪鸣。

赏析

　　踏歌，是中国古代民间的一种集体歌舞形式，连手而歌，以脚踏地为节。《踏歌词四首》是刘禹锡在夔州（治今重庆奉节）时所作。此为第一首。

　　"春江月出大堤平，堤上女郎连袂行。"明月升起，清辉洒向人间，涨满河床的春水，月光下似与岸边的沙土融成一片，使大堤也显得格外宽平。在这样的环境下，人物登场了——女郎既然可以连袂而行，也可见大堤确实宽平。连袂出游，边走边唱，是少女的情思荡漾、不能自抑的表现，也反映了巴渝一带的民间风俗。

　　"唱尽新词欢不见，红霞映树鹧鸪鸣。""欢"，古时女子对所爱男子的爱称。女郎们唱新词，意在招引小伙子一同歌舞。多么欢乐的季节，多么动人的夜晚啊！只不过这一夜却有点蹊跷，对方毫无反响。新词唱尽之时，已是早晨了。鲜丽耀眼的红霞碧树，固然会引起女郎们的怅悸，而鹧鸪喜爱雌雄对啼，四周悄然之际，代之而起的竟是绿树丛中的鹧鸪和鸣，女郎们心里究竟是一种什么滋味呢？

　　刘禹锡用民歌体写的爱情诗，常有一种似愁似怨、似失望又似期

走进唐诗 爱情

待的复杂情绪。诗中女子月出时走上大堤去唱歌,仅仅一夜未能觅见情郎,这种失望毕竟有限。小伙子是否真的无动于衷?说不定"道是无晴还有晴"呢。鹧鸪声固然反衬女郎的寂寞,甚至好像带点嘲弄,但也不是认真地要引起失恋的痛苦。

诗的开篇和收尾都是写景,前后配合,提供典型性的环境,由于前后两种环境的气氛和色彩不同,又自然暗示了时间的推移、情感的变化。刘禹锡的民歌体诗,有时看似被写景占了较大的篇幅,实际上笔墨还是很经济的,尤其像这首诗最后以景结情,如果换成一般性叙述,就无论如何很难表达这样丰富复杂的内容。

(余恕诚)

# 竹枝词九首(其二)

## 刘禹锡

山桃红花满上头,蜀江春水拍山流。

花红易衰似郎意,水流无限似侬愁。

这首《竹枝词》含思宛转,清新活泼,音节和谐,语语可歌;特别是把比兴糅而为一,兴中有比,比中有兴,颇富情韵。

诗中刻画了一个热恋中少女的形象。恋爱给她带来了幸福,也带来了忧愁。当她看到眼前的自然景象,藏在心头的感情顿被触发:"山桃红花满上头,蜀江春水拍山流。"一个"满"字,表现了山桃之多和花开之盛。一眼望去,山头红遍,给人以热烈的感觉。山下一江春水拍山流过,一个"拍"字,写出了水对山的依恋。这两句写景,却又不单纯写景,景中蕴涵着女主人公复杂的情意。

但这种托物起兴,用意隐微,不易看出,于是诗人又在兴的基础上设喻,让女主人公对景抒情,直接吐露心绪,使这种情意由隐而显。"花红易衰似郎意"照应第一句,写她的担心。鲜花盛开,正如小伙子那颗热烈的心,让人高兴。但他的爱情是否也像红花一样易谢呢?"水流无限似侬愁",照应第二句,写少女的烦忧。既相恋,又怕他变心,这一缕淡淡的清愁,就像这绕山流淌的蜀江水一样,无尽无休。

诗人传神地表现了初恋少女微妙、细腻而又复杂的心理,格调也明朗、自然,就像所描绘的红花绿水一样明媚动人。而诗的情境的创造,人物思想感情的表达,却恰恰是靠了这个最明显、最巧妙的手法——比兴。

(张燕瑾)

# 和乐天《春词》

## 刘禹锡

新妆宜面下朱楼,深锁春光一院愁。

行到中庭数花朵,蜻蜓飞上玉搔头。

此为白居易《春词》一诗的和诗，不妨先看一看《春词》："低花树映小妆楼，春入眉心两点愁。斜倚栏杆背鹦鹉，思量何事不回头？"刘禹锡的和诗，同样写闺中女子之愁，却写得更为婉曲新颖，别出蹊径。

白诗开头是以"低花树映小妆楼"暗示青年女子，而刘诗"新妆宜面下朱楼"说得十分明确，而且顺带点出了人物的心情。女主人公梳妆一新，急忙下楼。"宜面"二字，是说脂粉涂抹得与容颜相宜，给人一种匀称和谐的美感，说明她装扮得相当认真、讲究。看上去，艳艳春光使她暂时忘却了苦恼，心底萌发了一丝朦胧的希望。

诗的第二句是说庭院中确是莺歌蝶舞，柳绿花红，然而院门紧锁，更生寂寞，于是满目生愁。三、四两句进一步把这个"愁"字写足。无端烦恼上心头，早知如此，女主人公何苦"下朱楼"，又何必"新妆宜面"？这急剧变化的痛苦的心情，使她再也无心赏玩，只好用"数花朵"遣愁散闷。"数花朵"是古代妇女的一种消遣活动，常以"数花朵"的结果（单数或双数）预卜夫婿归期。"蜻蜓飞上玉搔头"，这是精彩的一笔。它含蓄地刻画出她沉浸在痛苦中、凝神伫立的情态，暗示她有着花般的容貌，以至于使常在花中的蜻蜓也错把美人当花朵，还有花亦似人、人亦如花的意味：她亦如这庭院中的春花，寂寞深锁，无人赏识，春光空负。这就自然而含蓄地引出了人愁花愁一院愁的主题。

有人说："诗不难于结，而难于神。"这首诗的结尾出人意料，诗人剪取了一个偶然的镜头，洗练而巧妙地描绘了这位青年女子在春光烂漫之中冷寂孤凄的境遇，新颖而富有韵味，真可谓结得有"神"。

（赵其钧）

# 柳　枝　词

刘禹锡

清江一曲柳千条，二十年前旧板桥。

曾与美人桥上别，恨无消息到今朝。

　　此诗写故地重游，怀念故人之意欲说还休，尽于言外传之，有含蓄之妙。首句描绘一曲清江、千条碧柳的清丽景象。"清"一作"春"，两字音韵相近，而杨柳依依之景自含"春"意，"清"字写出水色澄碧，故作"清"字较好。"一曲"犹一湾。江流曲折，两岸杨柳沿江迤逦展开，画面生动有致。旧诗写杨柳多暗关别离，而清江又是水路，因而首句已展现一个典型的离别环境。次句撇景入事，点明时间（"二十年前"）和地点（"旧板桥"）。"旧"字不但见年深岁久，而且兼有"故"字意味，略寓风景不殊、人事已非的感慨。前两句从眼前景进入回忆，引导读者展开联想。第三句浅浅道出事实，但读者已有所猜测，有所期待，因而能用积极的想象丰富诗句的内涵，似乎看到这样一幅生动画面：杨柳岸边兰舟催发，送者与行者相随步过板桥，执手无语，依依惜别。末句"恨"字与"二十年前"照应，"到今朝"三字倒装句末，可见断绝消息之久。只说"恨"对方杳无音信，却流露出望穿秋水的无限情思，真挚感人，可谓"用意十分，下语三分"。

　　此诗与崔护《题都城南庄》主题相近，都用倒叙手法。崔诗从"今日此门中"忆"去年",此诗则由清江碧柳忆"二十年前",这样开篇就能引人入胜。不过,崔诗以上下联划分自然段落,安排"昔——今"两个场面,好比两幕剧。而此诗首尾写今,中二句写昔,章法为"今——昔——今",婉曲回环,首尾相衔,可谓曲尽其妙。

白居易有《板桥路》云:"梁苑城西二十里,一渠春水柳千条。若为此路今重过,十五年前旧板桥。曾共玉颜桥上别,恨无消息到今朝。"唐代歌曲常有节取长篇古诗入乐的情况,此诗就《板桥路》删削二句,便觉精彩动人,颇见剪裁之妙:改以写景起句,不但构思精巧而且词约义丰,结构严谨,可谓青出于蓝而胜于蓝。刘禹锡的绝句素有"小诗之圣证"(清代王夫之语)之誉,《柳枝词》虽为改编,也表现出他的艺术匠心。

(周啸天)

▶ **白居易**(772—846) 字乐天,晚年号香山居士、醉吟先生。祖籍太原(今山西太原西南),后迁居下邽(今陕西渭南北)。贞元进士,授秘书省校书郎。元和年间任左拾遗及左赞善大夫。后因上表请求严缉刺死宰相武元衡的凶手,得罪权贵,贬为江州司马。长庆间任杭州刺史,宝历初任苏州刺史,后官至刑部尚书。在文学上,主张"文章合为时而著,歌诗合为事而作",是新乐府运动的倡导者。其诗语言通俗,相传老妪也能听懂。与元稹友谊甚笃,世称"元白"。晚年与刘禹锡唱和甚多,并称"刘白"。有《白氏长庆集》。

走进唐诗 *爱情*

# 长 恨 歌

## 白居易

汉皇重色思倾国,御宇多年求不得。

杨家有女初长成,养在深闺人未识。

天生丽质难自弃,一朝选在君王侧。

回眸一笑百媚生,六宫粉黛无颜色。

春寒赐浴华清池,温泉水滑洗凝脂。

侍儿扶起娇无力,始是新承恩泽时。

云鬓花颜金步摇,芙蓉帐暖度春宵。

春宵苦短日高起,从此君王不早朝。

承欢侍宴无闲暇,春从春游夜专夜。

后宫佳丽三千人,三千宠爱在一身。

金屋妆成娇侍夜,玉楼宴罢醉和春。

姊妹弟兄皆列土,可怜光彩生门户。

遂令天下父母心，不重生男重生女。

骊宫高处入青云，仙乐风飘处处闻。

缓歌慢舞凝丝竹，尽日君王看不足。

渔阳鼙鼓动地来，惊破霓裳羽衣曲。

九重城阙烟尘生，千乘万骑西南行。

翠华摇摇行复止，西出都门百馀里。

六军不发无奈何，宛转蛾眉马前死。

花钿委地无人收，翠翘金雀玉搔头。

君王掩面救不得，回看血泪相和流。

黄埃散漫风萧索，云栈萦纡登剑阁。

峨嵋山下少人行，旌旗无光日色薄。

蜀江水碧蜀山青，圣主朝朝暮暮情。

行宫见月伤心色，夜雨闻铃肠断声。

天旋地转回龙驭，到此踌躇不能去。

马嵬坡下泥土中，不见玉颜空死处。

君臣相顾尽沾衣，东望都门信马归。

归来池苑皆依旧，太液芙蓉未央柳。

芙蓉如面柳如眉，对此如何不泪垂。

春风桃李花开日，秋雨梧桐叶落时。

西宫南内多秋草，落叶满阶红不扫。

梨园弟子白发新，椒房阿监青娥老。

夕殿萤飞思悄然，孤灯挑尽未成眠。

迟迟钟鼓初长夜，耿耿星河欲曙天。

鸳鸯瓦冷霜华重，翡翠衾寒谁与共。

悠悠生死别经年，魂魄不曾来入梦。

临邛道士鸿都客，能以精诚致魂魄。

为感君王辗转思，遂教方士殷勤觅。

排空驭气奔如电，升天入地求之遍。

上穷碧落下黄泉，两处茫茫皆不见。

忽闻海上有仙山，山在虚无缥缈间。

楼阁玲珑五云起，其中绰约多仙子。

中有一人字太真，雪肤花貌参差是。

金阙西厢叩玉扃，转教小玉报双成。

闻道汉家天子使，九华帐里梦魂惊。

揽衣推枕起徘徊，珠箔银屏迤逦开。

云髻半偏新睡觉，花冠不整下堂来。

风吹仙袂飘飘举，犹似霓裳羽衣舞。

玉容寂寞泪阑干，梨花一枝春带雨。

含情凝睇谢君王，一别音容两渺茫。

昭阳殿里恩爱绝，蓬莱宫中日月长。

回头下望人寰处，不见长安见尘雾。

唯将旧物表深情，钿合金钗寄将去。

钗留一股合一扇，钗擘黄金合分钿。

但教心似金钿坚，天上人间会相见。

临别殷勤重寄词，词中有誓两心知。

七月七日长生殿，夜半无人私语时。

在天愿作比翼鸟，在地愿为连理枝。

天长地久有时尽，此恨绵绵无绝期。

赏析

　　元和元年（806），白居易在盩厔县（今陕西周至）任县尉，和友人陈鸿、王质夫同游仙游寺，感于唐玄宗、杨贵妃的故事而创作了长篇叙事诗《长恨歌》，以精练的语言、优美的形象、叙事和抒情结合的手法，叙述了他们的爱情悲剧。"长恨"是诗歌的主题，故事的焦点。"恨"什么，为什么要"长恨"，不是直接铺叙、抒写出来，而是通过诗化的故事层层展示出来，让人们去回味、去感受。

　　开卷第一句"汉皇重色思倾国"，看来寻常，实是全篇纲领，既揭示了故事的悲剧因素，又唤起和统领着全诗。唐玄宗重色、求色，终于得到"回眸一笑百媚生，六宫粉黛无颜色"的杨贵妃，她不但自己"承恩泽"，而且"姊妹弟兄皆列土"。诗人写玄宗得贵妃后如何行乐，如何沉湎于歌舞酒色，终于酿成了安史之乱："渔阳鼙鼓动地来，惊破霓裳羽衣曲。"这部分写出了"长恨"的内因：玄宗的迷色误国，就是悲剧的根源。

"六军不发无奈何，宛转蛾眉马前死。"马嵬坡的生离死别，在整个故事中，是一个关键性情节，在这之后，诗人用酸恻动人的语调，描述了玄宗在蜀中的寂寞悲伤、还都路上的追怀忆旧、回宫以后的睹物思人。

从"临邛道士鸿都客"至诗的末尾，采用浪漫主义的手法，写道士上天入地，后在海上仙山找到贵妃，她含情脉脉，托物寄词，重申前誓，照应玄宗思念，进一步深化、渲染"长恨"的主题。结笔点明题旨，"清音有余"。

《长恨歌》的美首先在于宛转动人的故事、精巧独特的艺术构思。诗人从"重色"说起，铺写和渲染极度的乐，正反衬出后面无穷无尽的恨。玄宗的荒淫误国，引出了政治上的悲剧，又导致了他和贵妃的爱情悲剧。悲剧的制造者最后成为悲剧的主人公，是故事的特殊、曲折处，也是"长恨"的原因。诗的讽喻意味就在这里。贵妃之死一场，诗人刻画极其细腻，表现了玄宗不忍割爱又欲救不得的矛盾、痛苦。随后时间和故事向前推移，感应的景物不断变化，日思夜想而不得，寄希望于梦境，却又是"悠悠生死别经年，魂魄不曾来入梦"。至此似乎可以结束，然而诗人笔锋一折，想象了一个动人的仙境，把悲剧推向高潮，使故事更加回环曲折，出人意料，又尽在情理之中。主观愿望和客观现实不断发生矛盾、碰撞，把人物千回百转的心理表现得淋漓尽致。

诗人在叙述故事和人物塑造上，将叙事、写景和抒情和谐地结合在一起，形成回环往复的特点。从黄埃散漫到蜀山青青，从行宫夜雨到奏凯回归，从日到夜，从春到秋，处处触物伤情，时时睹物思人，主人公苦苦追求和寻觅，从现实生活中到梦中，又到仙境中。如此跌宕回环，反复抒情，使人物的思想感情蕴蓄得更深邃丰富，使诗歌更为"肌理细腻"。

古往今来，许多人都肯定《长恨歌》特殊的艺术魅力。宛转动人，缠绵悱恻,恐怕是它最大的艺术个性,也是它能使千百年来的读者受感染、被诱惑的力量。

(饶芃子)

# 花 非 花

白居易

花非花,雾非雾,夜半来,天明去。

来如春梦几多时?去似朝云无觅处。

白居易诗以语言浅近著称,意境亦多显露。这首诗却是一个特例。

诗取前三字为题,近乎"无题"。首二句"非花""非雾"均系否定,却包含一个前提:似花、似雾。

"夜半来,天明去","来""去"二字承上启下,由此生发出两个新鲜比喻。"夜半来"者春梦也,春梦虽美却短暂,于是问"几多时?""天明"见者朝霞也,云霞虽美却易幻灭,于是叹"无觅处"。

诗由一连串比喻构成,这叫博喻。诗词中善用博喻者不乏其例,但都不过是诗词中一个组成部分,像此诗通篇用博喻构成则甚罕见,而且只见喻体(用作比喻之物)而不知本体,就像一个耐人寻思的谜。

但此诗诗意却并未隐晦到不可捉摸。它被作者编在集中"感伤"之部,同部情调接近的作品有《真娘墓》《简简吟》,均为悼亡之作,它们末句的比喻("寒北花,江南雪""彩云易散琉璃脆")与此诗末二句的比喻几乎一模一样,音情逼肖。二诗都表现出一种对存在过又消逝了的美好的人与物的追念、惋惜之情。《花非花》在集中紧编在《简简吟》之后,更说明此诗大约也是悼亡之作。

施蛰存《唐诗百话》认为此诗"为妓女而作",因为唐代旅客招妓女伴宿,是夜半才来,黎明即去(如元稹《梦昔时》诗云:"夜半初得处,天明临去时。")但"恐怕也还是作为一种比喻"。总之,诗人抽象了具体的内容,使诗朦胧起来,能指范围扩大——可能是美好而短暂的人生——由此,它才和《真娘墓》《简简吟》等在情调上有了某种程度的相通。

此诗运用当时民间歌谣的三三七句式,兼有节律整饬与错综之美,极似后来的小令。后人采其句法为词调,而以"花非花"为调名。词对五、七言诗在内容上的一大转关,就在于更倾向于人的内在心境的表现。此诗亦如之。这种"诗似小词"的现象,出现在唐代较早从事词体创作的诗人白居易笔下,是不足为奇的。

(周啸天)

# 燕 子 楼

白居易

满窗明月满帘霜, 被冷灯残拂卧床。

燕子楼中霜月夜， 秋来只为一人长。

钿晕罗衫色似烟， 几回欲著即潸然。

自从不舞《霓裳曲》,叠在空箱十一年。

今春有客洛阳回， 曾到尚书墓上来。

见说白杨堪作柱， 争教红粉不成灰?

## 赏析

诗人张仲素曾作《燕子楼》为题，作诗三首。白居易以原韵和诗三首，有小序云:"徐州故张尚书有爱妓曰盼盼,善歌舞,雅多风态。予为校书郎时,游徐、泗间。张尚书宴予,酒酣,出盼盼以佐欢,欢甚。予因赠诗云:'醉娇胜不得,风袅牡丹花。'一欢而去,尔后绝不相闻,迨兹仅一纪矣。昨日,司勋员外郎张仲素绘之访予,因吟新诗,有《燕子楼》三首,词甚婉丽,诘其由,为盼盼作也。绘之从事武宁军(唐代地方军区之一,治徐州)累年,颇知盼盼始末,云:'尚书既殁,归葬东洛,而彭城(即徐州)有张氏旧第,第中有小楼名燕子。盼盼念旧爱而不嫁,居是楼十馀年,幽独块然,于今尚在。'余爱绘之新咏,感彭城旧游,因同其题,作三绝句。"张尚书名愔,是名臣张建封之子。

为便于欣赏,兹将张诗列出,对照讲析。

楼上残灯伴晓霜,独眠人起合欢床。

相思一夜情多少,地角天涯未是长。

张诗的第一首诗先写早起,再写失眠。起句用一个"伴"字,将楼外之寒冷与楼内之孤寂联系起来,次句另出一奇,以人和床作强烈的对比。合欢是一种象征爱情的图案,也可指含有此类意义的器物。残灯、晓霜相伴的不眠人,在寒冷孤寂之中煎熬了一整夜之后,仍然只好从合欢床上起来,心里是何滋味呢?

后两句是补笔,写盼盼的彻夜失眠,也就是《诗经》第一篇《关雎》所说的"悠哉悠哉,辗转反侧"。"地角天涯",道路可算得长了,然而比起自己的相思之情,又算得什么呢? 一夜之情的长度,已非天涯地角的距离所能比拟,何况是这么地过了十多年而且还要这么地过下去呢? 不写梦中会见情人,而写相思之极,根本无法入梦,用笔深曲,摆脱常情。

白诗的第一首与原唱既衔接又不雷同。满帘皆霜,足见寒气之重。月光透过窗子洒满了合欢床。天寒"被冷",夜久"灯残",愁人无奈,只好起来收拾卧床了。古人常以"拂枕席""侍枕席"等用语代指侍妾。盼盼"拂卧床",既暗示了她的身份,也反映了她生活上的变化,过去为张愔拂床,而今则是为自己了。

古诗云:"愁多知夜长。"因愁苦相思而不能成眠的人,才会深刻地体会到时间多么难以消磨。这凄凉秋夜,竟似为她一人而显得特别缓慢。

北邙松柏锁愁烟,燕子楼中思悄然。

自埋剑履歌尘散,红袖香销已十年。

原唱第二首写盼盼抚今追昔。北邙山是汉、唐时代洛阳著名的坟场,张愔墓地就在那里。盼盼在燕子楼中沉寂地思念,所以她幻想之中的墓地,只能是被惨雾愁烟所笼罩了。

古时皇帝对大臣表示宠信,特许剑履上殿,故剑履为大臣的代词。张愔死后,歌声云散,舞袖香销,转眼已十年,她忠于自己的爱情,不愿再出现在舞榭歌台。和诗从这一点生发，着重写她怎样对待首饰衣裳。

她几回想穿戴起来，却又不免流泪，尽管金花褪去了光彩，罗衫改变了颜色，也只有随它们去吧。"《霓裳曲》"指唐玄宗时著名的乐舞《霓裳羽衣曲》，暗示她歌舞技艺之高妙。"空箱"的"空"，是形容精神上的空虚，如独居的房称"空房""空闺"，独睡的床称"空床""空帷"。

> 适看鸿雁洛阳回，又睹玄禽逼社来。
> 瑶瑟玉箫无意绪，任从蛛网任从灰。

原唱第三首，写盼盼感节候之变迁，叹青春之消逝。

起句写去年秋天，鸿雁由北飞南。张愔墓在洛阳，故诗人缘情构想，认为在盼盼心中，能传书的鸿雁定是从洛阳来的。

次句写当年春天玄禽（燕子）由南而北。社日是春分前后的戊日，逼近社日，燕子就来了。盼盼看到双宿双飞的燕子，怎能不感叹人不如鸟呢？

人在感情的折磨中，有时觉得时间过得很慢，有时又觉得时间流逝很快，所以说"适看""又睹"。

后两句从无心摆弄乐器见意，瑟以瑶饰，箫以玉制，可见贵重；而让它们蒙上蛛网灰尘，正是"绮罗弦管，从此永休"（唐代蒋防《霍小玉传》）之意。

和诗的最后一首重在"感彭城旧游"。当年春天，张仲素从洛阳回来，说了许多，但使白居易感到惊心动魄的，乃是墓边白杨树已长得又粗又高，可作柱子了。那么盼盼的花容月貌，最后也会变成灰土，彭城旧游，何可再得？

这两组诗遵循了最严格的唱和方式：题材主题相同，诗体相同，用韵为同一韵部,押韵各字的先后次序也相同。张仲素代盼盼抒发她"念旧爱而不嫁"的生活和感情,白居易则抒发了他对盼盼的同情、爱重以及今昔盛衰之叹。同中见异,若即若离,彼此相应,如两军对垒,工力悉敌,表现了两位诗人精湛的艺术技巧,是唱和诗中的佳作。相较而言,和诗的艺术难度更高一些。

(沈祖棻　程千帆)

▶▶ **施肩吾**　字希圣,自号栖真子、华阳真人,睦州分水(今浙江桐庐西北)人。元和进士。后隐居洪州西山。为诗奇丽。有诗集,不传。《全唐诗》存其诗一卷。

# 望　夫　词

### 施肩吾

手爇①寒灯向影频,回文机上暗生尘。

自家夫婿无消息，却恨桥头卖卜人。

---

① 爇(ruò):燃。

## 赏析

施肩吾是位道士,但他写的诗却很有人情味。

首句描写女子长夜不眠的情景。"寒"字略寓孤凄意味。"手爇寒灯",身影在后,不断回头,几番顾影("向影频"),既有孤寂无伴之感,又是盼人未至的情态。其心情的急切不安,已从字里行间透露出来。这里已暗示她得到了一点有关丈夫的信息,为后文作好伏笔。

第二句"回文机"用了一个为人熟知的典故:前秦苻坚时秦州刺史窦滔被徙流沙,其妻苏蕙善属文,把对丈夫的思念织为回文旋图诗(见《晋书·列女传》)。这里暗示"望夫"之意。"暗生尘",可见女子近来无心织布,表现的是离别经年之后的一种烦恼。

第三句作了交代,女子长夜不眠,无心织作,原来是"自家夫婿无消息"的缘故。诗到这里似乎已将"望夫"的题意缴足,但并不够味。

清人潘德舆说:"诗有一字诀曰'厚'。"(《养一斋诗话》)此诗也深得"厚"字诀。末句"卖卜人"角色的加入,几乎给读者暗示了一个生活小故事,诗意便深曲有味。原来女子因望夫情切,曾到桥头卜了一卦。诗中虽未明说,但读者已默会到占卜的结果。要是占卜结果未得"好音",女子是不会一心一意相候,每有动静都疑是夫归,以致"手爇寒灯向影频"(至此方知首句之妙)的。而一旦夫不归时,不能恨夫,不恨卖卜人恨谁?

不过"却恨桥头卖卜人"于事何补?但人情有时不可理喻。思妇之怨无处发泄,心里骂两声卖卜人倒也解恨。这又活生生表现出莫可奈何而迁怒于人的儿女情态,造成丰富的戏剧性。这也是作者掌握了"厚"字诀的一种表现。

(周啸天)

【唐】张萱《捣练图》

【唐】周昉《调琴啜茗图》

【南宋】车益《捣衣图》（局部）

【元】卫九鼎《洛神图》（局部）

【宋】佚名《杨贵妃上马图》

【元】张中《枯荷鸳鸯图》

【清】陈枚《月曼清游图（围炉博古）》

【清】陈枚《月曼清游图（杨柳荡千）》

▶ **崔郊** 元和间秀才。《全唐诗》存其诗一首。

# 赠　婢

崔　郊

公子王孙逐后尘，绿珠垂泪滴罗巾。

侯门一入深如海，从此萧郎是路人。

　　唐代范摅所撰笔记《云溪友议》中记载了这样一个故事：崔郊的姑母有一婢女，姿容秀丽，与崔郊相恋，后却被卖给显贵于頔。崔郊念念不忘，思慕无已。一次寒食，婢女偶尔外出，与崔郊邂逅，崔郊百感交集，写下这首《赠婢》。后来于頔读到此诗，便让崔郊把婢女领去，传为诗坛佳话。

　　这首诗写的是所爱者被劫夺的悲哀。诗人的高度概括，使它突破了个人悲欢离合的局限，反映了封建社会里由于地位权势的悬殊所造成的爱情悲剧。诗的寓意颇深，表现手法却含而不露，怨而不怒，委婉曲折。

　　"公子王孙逐后尘，绿珠垂泪滴罗巾。"上句用侧面烘托的手法，即通过"公子王孙"的争相追求突出女子的美貌；下句以"垂泪滴罗巾"的细节表现女子深沉的痛苦。公子王孙的行为正是女子不幸的根源，这一点诗人却没有明白说出，只是通过"绿珠"一典曲折表达。绿珠是西晋富豪石崇的宠妾，"美而艳，善吹笛"。赵王伦专权时，他手下的孙秀倚仗权势，指名索取，被石崇拒绝。石崇因此被诛杀，绿珠也坠楼身死。用此典故一方面形容女子具有绿珠那样的美貌，另一方面以绿珠的悲惨遭遇暗示女子的不幸命运。于看似平淡客观的叙述中，巧妙地透露出对公子王孙的不满，对女子的爱怜同情，含蓄委婉，不露痕迹。

"侯门一入深如海，从此萧郎是路人。""侯门"指权势之家。"萧郎"是诗词中习用语，泛指女子所爱恋的男子，此处是崔郊自谓。这两句没有将矛头明显指向"侯门"，但有了前两句的铺垫，作者真正的讽意当然不难明白。侯门"深如海"的形象比喻，和"一入""从此"两个关联词所表达的语气中透露出的深沉绝望，比直露的抒情更哀感动人，也更能激起读者的同情。

这首诗用词极为准确，正因为如此，"侯门"一词便成为权势之家的代词；"侯门似海"也因其比喻的生动形象，形成成语，在文学作品和日常生活中广泛运用。

（张明非）

诗 / 人 / 小 / 传

▶▶ 元稹(779—831) 字微之,河南(今河南洛阳)人,居京兆万年(今陕西西安)。早年家贫。举贞元九年明经科、十九年书判拔萃科,曾任监察御史。因得罪宦官及守旧官僚,遭到贬斥。后官至同中书门下平章事。以暴疾卒于武昌军节度使任所。与白居易友善,常相唱和,世称"元白"。有《元氏长庆集》。

# 遣悲怀三首

## 元 稹

谢公最小偏怜女，　自嫁黔娄百事乖。

顾我无衣搜荩箧①，泥②他沽酒拔金钗。

野蔬充膳甘长藿③，落叶添薪仰古槐。

今日俸钱过十万，　与君营奠复营斋。


昔日戏言身后意，　今朝都到眼前来。

衣裳已施行看尽，　针线犹存未忍开。

尚想旧情怜婢仆，　也曾因梦送钱财。

诚知此恨人人有，　贫贱夫妻百事哀。


闲坐悲君亦自悲，　百年都是几多时！

邓攸④无子寻知命，潘岳⑤悼亡犹费词。

同穴窅冥⑥何所望？他生缘会更难期！

惟将终夜长开眼，报答平生未展眉。

---

① 荩箧(jìn qiè)：竹草编的箱子。

② 泥：软缠。

③ 藿：豆叶，指粗食。

④ 邓攸：西晋人，字伯道，官河东太守。据《晋书·邓攸传》记载，永嘉末年战乱中，他舍子保侄，后终无子。

⑤ 潘岳：西晋诗人，字安仁。妻死，作《悼亡诗》三首，为世传诵。

⑥ 窅(yǎo)冥：深暗的样子。

## 赏析

　　这是元稹悼念亡妻韦丛(字蕙丛)所写的三首七言律诗。韦丛是太子少保韦夏卿的幼女，二十岁时嫁与元稹，七年后即元和四年(809年)去世。

　　第一首追忆妻子生前的艰苦处境和夫妻情爱，并抒写自己的抱憾之情。一、二句以东晋宰相谢安借指韦夏卿，以战国时齐国的贫士黔娄自喻，有对方屈身下嫁的意思。"百事乖"是对她婚后七年艰苦生活的简括，领起中间四句：看到我没有可替换的衣服，就翻箱倒柜去搜寻；我缠她买酒，她就拔下金钗去换钱。豆叶之类的粗食，她却吃得很香甜；没有柴烧，她便靠老槐落叶的作薪炊。传神写照，活画出贤妻的形象，浸透着赞叹与怀念的深情。末两句仿佛从追忆中突然惊觉，发出无限抱憾之情：而今自己享受厚俸，却再不能与爱妻共享富贵，只能频繁祭奠与延请僧道超度亡灵。

　　第二首主要写妻子死后的"百事哀"。为免睹物思人，便将妻子穿过的衣裳施舍出去；将她做过的针线封存起来，不忍打开。看到妻子身边的婢仆，也平添哀怜。也曾积想成梦，为此布施钱财。末两句从

"诚知此恨人人有"的泛说，落到"贫贱夫妻百事哀"的特指上。夫妻死别固然是人所不免的，但对于同贫贱共患难的夫妻来说则更为悲哀。

第三首首句以"悲君"总括上两首，以"自悲"引出下文。由妻子的早逝，想到了人寿的有限。诗人以晋人邓攸、潘岳自喻，故作达观无谓之词，却透露出无子、丧妻的深沉悲哀。虽寄希望于死后夫妇同葬和来生再作夫妻。但这仅是虚无缥缈的幻想，更是难以指望的，最后逼出一个无可奈何的办法："惟将终夜长开眼，报答平生未展眉。"《释名·释亲属》云："鳏……字从鱼，鱼目恒不闭者也。"诗人要以终夜"开眼"报答"平生未展眉"，真是痴情缠绵，哀痛欲绝！

《遣悲怀三首》，一个"悲"字贯穿始终，如长风推浪，逐首推进。前两首从生前写到身后，末一首从现在写到将来。全篇都是"昵昵儿女语"，用极其质朴感人的语言表现日常生活中的小事，叙事叙得实，写情写得真，因而清代蘅塘退士说："古今悼亡诗充栋，终无能出此三首范围者。"（《唐诗三百首》）

（陈志明）

# 六年春遣怀八首（其二）

## 元　稹

检得旧书三四纸，高低阔狭粗成行。

自言并食寻常事，惟念山深驿路长。

元和四年（809年）七月，元稹的原配妻子韦丛去世，年仅二十七岁。《六年春遣怀》是他在元和六年春写的一组悼亡诗，原作八首，这是其中的第二首。

前两句说，清理旧物时寻检出了韦丛生前寄给自己的几页信纸。字写得高低参差，行距也时阔时狭，只能勉强成行罢了。但这对于诗人来说，却是熟悉而亲切的，会自然唤起对往昔的深情追忆。诗人如实描写，不稍修饰，倒正见出亲切之情、感怆之意。

三、四两句叙说"旧书"的内容。信中说，由于生活困难，常常不免要"并食"（两天只吃一天的粮食），不过自己已经过惯了，视同寻常，不觉得有什么。倒是担心你在深山驿路上奔波劳顿，饮食不调，不要累坏了身体。信的内容自然不止这些，但这几句话无疑是最使他感怆欷歔、难以为怀的。话虽说得很平淡、随便，却既展现出她"野蔬充膳甘长藿"（《遣悲怀三首》其一）的贤淑品性，又传出她的细心体贴。真正深挚的爱，往往是这样朴质而无私的。诗人写这组诗时，正是因得罪宦官被贬为江陵士曹参军后、亟须得到精神支持之际，偶检旧书，重温亡妻往昔给予他的关怀体贴，想到当前孤子无援的处境，能不感慨系之，黯然神伤吗？

悼亡诗是一种主情的诗歌体裁。这首诗通篇没有一字直接抒写悼亡的情怀，全用叙事，而且是日常生活里一件很平常细小的事。但读者却从这貌似客观平淡的叙述中感受到诗人对亡妻那种不能自已的深情。关键原因就在于：所叙之事虽平凡细屑，却相当典型地表现了韦丛的性格品质，反映了夫妇间相濡以沫的关系。情含事中，自然无须另置一词了。

元稹的诗平易浅切，就这首诗而论，这种风格倒是和诗所表达的内容、感情完全适应。悼亡诗在感情真挚这一点上,比任何诗歌都要求得更严格,华侈雕琢往往伤真,朴质平易倒是表达真情实感的好形式。当朴质平易和深厚的感情结合起来时,这样的诗实际上已经是深入浅出的统一了。鲁迅所说的白描"秘诀"——"有真意,去粉饰,少做作,勿卖弄",似乎特别适用于悼亡诗。

（刘学锴）

# 六年春遣怀八首（其五）

## 元　稹

伴客销愁长日饮,偶然乘兴便醺醺。

怪来醒后旁人泣,醉里时时错问君!

元稹对亡妻韦丛有着真诚执着的爱恋,这首诗起句便叙写他在丧妻之痛中意绪消沉、整天借酒浇愁的情态。表面上是陪客人,实际上是好心的客人为了替他排遣浓忧而故意拉他作伴喝酒。他不好在客人面前表露儿女之情,免不了要强颜欢笑。这长日无聊的对饮,透出了心底的凄苦。

第二句妙在"偶然乘兴"四字。酒宴之上,客人想方设法开导,而诗人一时悲从中来,倾杯痛饮,以致醺醺大醉。一个"兴"字,溶进了客人良苦的用心,诗人伤心的泪水。"偶然"者,言其"醺醺"大醉的次数并不多,足证上句"长日饮"其实喝得很少,不过是借酒浇愁而意不在酒,伤心人别有怀抱。

结尾两句,真是椎心泣血之言,读诗至此,有情人能不掩卷一哭!醉后吐真言,这是常情;醒来但见旁人啜泣,感到奇怪。一问才知道,原来自己在醉中忘记爱妻已逝,口口声声呼唤妻子哩!凄惶之态,凄苦之情,撼人心弦。

绝句贵深曲。此诗有深曲者七:悼念逝者,偏偏不写自己落泪,只写旁人感泣,从中见出自己伤心,此其深曲者一。以醉里暂时忘却丧妻之痛,写出永远无法忘却的哀思,此其深曲者二。怀念亡妻的话,一句不写,只从醉话着笔;且醉话也不写,只以"错问"二字出之,此其深曲者三。醉里寻伊,正见"觉来无处追寻"的无限空虚索寞,此其深曲者四。乘兴倾杯,却引来一片抽泣,妙用反衬手法取得强烈感人的效果,此其深曲者五。"时时错问君",再现了过去夫妻形影不离的情景,曩昔"泥他沽酒拔金钗"(《遣悲怀三首》其一)的场面,宛在目前,此其深曲者六。醉后潦倒的样子,醒来惊愕的情态,不着一字而隐隐可见,此其深曲者七。一首小诗,具此七美,真可谓之"七绝"。

(赖汉屏)

# 离 思 五 首(其四)

### 元 稹

曾经沧海难为水,除却巫山不是云。

取次花丛懒回顾,半缘修道半缘君。

赏析

　　此为悼念亡妻韦丛之作。诗人运用"索物以托情"的比兴手法,以精警的词句,赞美了夫妻之间的恩爱,表达了对韦丛的忠贞与怀念之情。

　　首二句是从《孟子·尽心》篇"观于海者难为水,游于圣人之门者难为言"变化而来的。但《孟子》是明喻,而这两句则是暗喻,喻意并不明显。沧海无比深广,使别处的水相形见绌。巫山有朝云峰,据战国楚宋玉《高唐赋》,其云为神女所化,茂如松榯,美若娇姬,相形之下,别处的云就黯然失色了。"沧海""巫山",是世间至大至美的形象。诗人用来隐喻他们夫妻之间的感情有如沧海之水和巫山之云,其深广和美好是世间无与伦比的,因而除爱妻之外,再没有能使自己动情的女子了。

　　"难为水""不是云",情语也。因而第三句说自己信步经过"花丛",懒于顾视,对女色绝无眷恋之心了。第四句承上说明"懒回顾"的原因。既然对亡妻如此情深,为什么却说"半缘修道半缘君"呢?元稹生平"身委《逍遥篇》,心付《头陀经》"(白居易《和答诗十首》),是尊佛奉道的。另外,这里的"修道",也可理解为专心于品德学问的修养。然而,尊佛奉道也好,修身治学也好,对元稹来说,都不过是心失所爱、悲伤无法解脱的一种感情寄托。"半缘修道"和"半缘君"所表达的忧思是一致的,说"半缘修道"更觉含意深沉。

　　元稹这首绝句,不但取譬极高,抒情强烈,而且用笔极妙。前两句"沧海""巫山",词意豪壮,有悲歌传响、江河奔腾之势,尤为人称颂。

后面"懒回顾""半缘君",顿使语势舒缓下来,转为曲婉深沉的抒情。张弛自如,变化有致,形成一种跌宕起伏的旋律。就全诗情调而言,它言情而不庸俗,瑰丽而不浮艳,悲壮而不低沉,创造了唐人悼亡绝句中的绝胜境界。

（阎昭典）

诗 / 人 / 小 / 传

▶▶ **皇甫松** 字子奇,号檀栾子,睦州新安(今浙江淳安)人。散文家皇甫湜之子。《全唐诗》存其诗词十三首。

# 采 莲 子(其二)

皇甫松

船动湖光滟滟①秋,贪看年少信船流。

无端隔水抛莲子, 遥被人知半日羞。

---

① 滟滟(yàn):水面闪光的样子。

这首清新隽永的《采莲子》描绘了一幅江南水乡的风物人情画,富有民歌风味。

作者没有描写采莲子的过程或采莲女的容貌服饰,而是通过采莲女的眼神、动作和一系列内心独白,表现她热烈追求爱情的勇气和初恋少女的羞涩心情。

"滟滟秋",湖光荡漾中映出一派秋色,湖中秋水之清澈透明可以想见。"秋"字点明了采莲季节。"湖光"映秋,泛起"滟滟"之波,是因为"船动"。作者没有交代是什么"船",也没有交代船怎样"动",直到第二句,作者才通过"贪看年少"点明诗篇写的是采莲女,同时通过"信船流"交代船动的原因。原来有一位英俊少年把采莲女吸引住了，她出神地凝视着意中人，以致船儿随水漂流而动。这种大胆无邪的痴情憨态，把她纯真热情的鲜明个性和对爱情的炽烈渴求，表现得神形毕肖。

突然，姑娘抓起一把莲子，向那岸上的小伙子抛掷过去。这充满戏谑、挑逗和爱慕的一掷，进一步活灵活现地表现出江南水乡姑娘大胆热情的性格。南朝以来，江南地区流行的情歌，常不直接说出"爱恋""相思"之类的字眼，而用同音词构成双关隐语来表示。"莲"谐音"怜"，有表示爱恋之意。姑娘巧妙地表露自己的情思，饶有情趣。

莲子抛中没有？小伙子是恼是喜？可有什么表示？这些作者都故意避开了，留给读者以想象的空间，而把笔锋深入采莲女的内心。没想到抛莲子的逗情举动远远被人看见了，多难为情啊！姑娘羞惭了大半天，埋怨自己太冒失了，为什么不等没人时再抛呢？这"无端"两字透露出复杂而细腻的心理状态。"半日羞"的窘态，则展现了少女的羞怯，其形象因而更丰满可爱。

全诗清新爽朗，音调和谐，既有文人诗歌的含蓄委婉、细腻华美，又有民歌的大胆直率、朴实自然，颇见作者纯圆浑熟的艺术造诣。

（曹　旭）

▶▶ **李贺**(790—816) 字长吉,福昌(今河南宜阳西)人。唐皇室远支,家世早已没落,生活困顿,仕途偃蹇,曾官奉礼郎。因避家讳,被迫不得应进士科考试。早岁即工诗,见知于韩愈、皇甫湜,并和沈亚之交善。其诗表现出自己政治上不得志的悲愤,对宦官专权、藩镇割据等社会现实问题也有所讽刺、揭露。善于熔铸词采,驰骋想象,运用神话传说,创造出新奇瑰丽的诗境。有些作品情调阴郁低沉,语言过于雕琢。有《昌谷集》。

# 苏 小 小 墓

李 贺

幽兰露,如啼眼。

无物结同心,烟花不堪剪。

草如茵,松如盖,

风为裳,水为珮。

油壁车,夕相待。

冷翠烛,劳光彩。

西陵①下, 风吹雨。

---

① 西陵:地名,在今杭州,钱塘江之西。

赏析

　　李贺的"鬼"诗总共只有十来首,不到全部作品的二十分之一。然而他却与"鬼"字结下不解之缘,被目为"鬼才""鬼仙"。这些诗中的

"鬼","虽为异类,情亦犹人"。《苏小小墓》是其中有代表性的一篇。

苏小小是南齐时钱塘名妓。李绅《真娘墓》诗序提及苏小小墓:"风雨之夕,或闻其上有歌吹之音。"全诗由景起兴,通过丰富的联想,刻画出苏小小若隐若现的鬼魂形象。

兰花上缀着晶莹的露珠,像是她含泪的眼睛。这里的描写,一是让人通过眼睛,想见全人之美,二是表现她的心境。着一"幽"字,冷气森森,照应题中"墓"字,引出下面的"啼"字,为全诗定下哀怨的基调。南朝乐府《苏小小歌》云:"我乘油壁车,郎乘青骢马。何处结同心?西陵松柏下。"但身死之后,她的追求落空了。死生悬隔,再没有什么可结同心;墓上萋迷如烟的野草花,也不堪剪来相赠,一切都成了泡影。

绿草像是她的茵褥,青松像是伞盖;春风拂拂,是她的衣袂飘飘;流水叮咚,是环珮声响。生前乘坐的油壁车,还在等她去赴"西陵松柏下"的幽会。这一部分,暗暗照应了前面的"无物结同心"。物是人非,触景伤怀,徒增哀怨而已。

西陵之下,凄风苦雨。"翠烛"写出鬼火的光色,加一"冷"字,写出人物内心的孤寂幽冷。翠烛原为情人相会而设。不能相会,翠烛岂不虚设?故说"劳光彩",徒费光彩而一无所用。

这首诗把写景、拟人融为一体,创造出鬼魂活动的环境气氛,也就塑造出了人物形象的婉媚多姿,同时反衬出她心境的索寞凄凉。景物描写都围绕着"结同心"这一中心内容,因而诗的各部分之间具有内在的有机联系,人物的内心世界也得到集中、充分的揭示,情思脉络一气贯穿,浑成自然。

诗的主题和意境显然都受屈原《九歌·山鬼》的影响。由于诗人采用以景拟人的手法,苏小小形象更具有空灵缥缈、有影无形的鬼魂特点。她一往情深,却又只能怀着缠绵不尽的哀怨在冥路游荡。即离隐跃之间,我们看到了诗人自己的影子。诗人也有他的追求和理想,然而生不逢时,他也是"无物结同心"!诗人空寂幽冷的心境,通过苏小小的形象得到了充分流露。在绮丽秾艳的背后,有着哀激孤愤之思,透过凄清幽冷的外表,不难感触到诗人炽热如焚的肝肠。

（张燕瑾）

▶ **徐凝** 睦州（治今浙江建德东北）人。与元稹、白居易友善。工诗善书，长于七绝，风格简古。《全唐诗》存其诗一卷。

走进唐诗
*爱*
*情*

# 忆 扬 州

### 徐 凝

萧娘①脸薄难胜泪，桃叶②眉长易觉愁。

天下三分明月夜，二分无赖是扬州。

---

① 萧娘：南朝以来，诗词中男所恋女子常称萧娘，女所恋男子则称萧郎。
② 桃叶：《古今乐录》："晋王献之爱妾名桃叶。"这里用以代指所思念的佳人。

**赏析**

　　说是"忆扬州"，实际上是一首怀人的作品。诗人并不着力描写这座"绿扬城郭"的宜人风物，而是以离恨千端的绵绵情怀，追忆当日的别情。不写自己的殷切怀念，而写远人的别时音容，以往日远人之情重，衬出今日自己情怀之不堪，是深一层写法。

　　前两句极写当日别离景象，"萧娘""桃叶"均代指所思；愁眉、泪眼似是重复，而以一"难"一"易"出之，便不觉其烦，反而有反复留连、无限萦怀之感。于此思念殷切之际，惟觉一片惆怅，无可诉说之人，抬头而见月，偏偏又是当时扬州照人离别之月，更加助愁添恨。它曾照离人泪眼，似是有情，而今宵又似无动于衷，却又可憎。

　　古人律绝的结尾处，有时"一笔荡开"，往往"寄意无穷"。这首诗所不同的,是它在第三句时即已"荡开",忽然揽入一轮明月,以写无可奈何之态,可谓诗思险谲。全诗看似截为两段,实则欲断不断,题中用"忆"字,将全诗连贯起来。

"无赖"二字,本有褒贬两义,这里因明月恼人,有抱怨意。但后世因惊赏这新奇形象,就只作为描写扬州夜月的传神警句来欣赏,这时的"无赖"二字又成为爱极的昵称了。

本来月光普照,并不偏宠扬州。而扬州的魅力也非仅在月色。诗为传神,有时似乎违反常理,却能深入事理骨髓。"三分""无赖"的奇幻设想,也有它的渊源与影响。谢灵运说:"天下才有一石,曹子建独占八斗,我得一斗,天下共分一斗。"(宋无名氏《释常谈》)此后北宋苏轼《水龙吟·次韵章质夫杨花词》的"春色三分,二分尘土,一分流水"也并不逊色。这些数目字,都不可以常理论,而它的艺术效果却是惊人的。徐凝此诗就使"二分明月"成为扬州的代称。至如"月色无赖",后世如北宋王安石《夜直》中的"春色恼人眠不得"即与之同一机杼。

(孙艺秋)

▶▶ **雍裕之**　代宗前期人。《全唐诗》存其诗一卷。

# 自 君 之 出 矣

雍裕之

自君之出矣,宝镜为谁明?

思君如陇水,长闻呜咽声。

《自君之出矣》是乐府旧题,取自东汉末年徐幹《室思》诗。《室思》第三章云:"自君之出矣,明镜暗不治。思君如流水,无有穷已时。"自六朝至唐代,拟作者不少,唐代作者尤多,见于北宋郭茂倩《乐府诗集》。凡所拟作,不仅题名取自徐诗,技法也仿照徐诗。雍裕之这首诗(《吟窗杂录》载辛弘智《自君之出矣》与此诗同,并收入《全唐诗》),模仿的痕迹尤为明显,表现了思妇对外出未归的丈夫的深切怀念。其手法高明之处在于立意委婉,设喻巧妙,所以含蓄有味。

自从夫君外出,思妇独守空闺,平日梳妆打扮,都是为了他,而今他走了,便不必再去对镜簪花了,这宝镜为谁明呢?这种表达方式,比李咸用《自君之出矣》"鸾镜空尘生"说得更为委婉,不只是徐幹《室思》的继承和发展,其源可上溯到《诗经·卫风·伯兮》:"自伯之东,首如飞蓬。岂无膏沐,谁适为容?""女为悦己者容",正表现了女子对丈夫的忠贞之爱。

徐幹《室思》中的"思君如流水,无有穷已时",是一般化的说法;

雍裕之将"流水"具体化为陇水,这就使人联想起北朝无名氏的《陇头歌辞》:"陇头流水,鸣声呜咽。遥望秦川,心肝断绝。"这便使所思念的夫君在外的情况,有了比较具体的内容,即过着凄凉漂泊的生活;"思"字更带有强烈的感情色彩,简直要声泪俱下了。而保存"思君如流水"这一巧妙的比喻,是以有形的物象比喻无形的内心情思。以流水喻思君之情,兼含多种意思:第一,以水流不断,比喻日夜思君;第二,以水流无限,比喻思妇情长;第三,以流水呜咽,比喻情意凄切。由流水联想到水声,由水声联想到呜咽之声,由呜咽声再联想到感情之凄切。这是超越"相似点"的比喻,是不似之似,修辞学上称为"曲喻"。李贺《天上谣》"银浦流云学水声",即属此类。《自君之出矣》后两句的比喻,不仅化无形为有形,增加了诗的形象性,而且具有多种含意,提供了广阔的联想天地,读来余味无穷。

(林东海)

# 江边柳

雍裕之

袅袅古堤边,青青一树烟。
若为丝不断,留取系郎船。

古人常借咏柳以赋别,此诗也不脱离情旧旨,但构思新颖,想象奇

特而又切合情景。

诗的一、二句,寥寥几笔,绘出了一幅古堤春柳图,蓊蓊郁郁,袅袅婷婷。"袅袅""青青",连用两个叠字,一写轻柔婀娜之态,一写葱茏苍翠之色,洗练而鲜明。前人多以"如烟""含烟"等形容柳之轻盈和春之秾丽,这里径以"一树烟"称之,造语新颖。只此三字,便勾出了柳条婆娑袅娜之状,烘托出春光的绮丽明媚,并为下面写离情作了反衬。

三、四两句直接写离情。诗人们一般都写折枝相赠,如"伤见路旁杨柳春,一重折尽一重新。今年还折去年处,不送去年离别人"(施肩吾《折杨柳》)等。雍裕之却从折枝上翻出新意。女主人公不仅没有折柳赠别,倒希望柳丝绵绵不断,把情人的船儿系住,永不分离。这一方面是想得奇,道人之所未道,把惜别这种抽象的感情表现得十分具体、深刻而不一般化;同时,这种想象又切合特定情景,景以情合,情因景生,合情合理,自然可信。这里没有一个"别"字、"愁"字,但痴情到要用柳条儿系住郎船,则离愁之重、别恨之深,自是不言而喻的了。这里也没有一个"江"字、"柳"字,而江边柳"远映征帆近拂堤"(温庭筠《杨柳枝》)的独特形象,亦是鲜明如画。

中唐戴叔伦《堤上柳》云:"垂柳万条丝,春来织别离。行人攀折处,是妾断肠时。"由"丝"而联想到"织",颇为新颖,但后两句却未能由此加以生发,而落入了窠臼,没有写出堤上柳与别处柳的不同之处。其原因在于脱离了彼时彼地的特定情境。两相比较,雍裕之的这首《江边柳》,确是匠心独运、高出一筹。

(徐定祥)

▶▶ **杜牧**（803—853） 字牧之，京兆万年（今陕西西安）人。杜佑孙。大和进士，曾为江西观察使、宣歙观察使沈传师和淮南节度使牛僧孺的幕僚，历任监察御史，黄、池、睦诸州刺史，后入为司勋员外郎，官终中书舍人。以济世之才自负。诗文中多指陈时政之作。写景抒情的小诗，多清丽生动。亦有一些诗写其早年的纵酒狎妓生活。其诗在晚唐成就颇高，后人称杜甫为"老杜"，称其为"小杜"。又与李商隐并称"小李杜"。亦能文。有《樊川文集》。

# 赠 别 二 首（其二）

## 杜 牧

多情却似总无情，唯觉樽前笑不成。

蜡烛有心还惜别，替人垂泪到天明。

赏析

　　这一首抒写诗人对妙龄歌女留恋惜别的心情，不用"悲""愁"等字，却写得坦率、真挚，道出了离别时的真情实感。

　　诗人同所爱不忍分别，又不得不分别。"多情却似总无情"，明明多情，偏从"无情"着笔；着一"总"字，又加强了语气，带有浓厚的感情色彩。别筵上，凄然相对，像是彼此无情似的。越是多情，越显得无情，这种情人离别时最真切的感受，诗人把它写出来了。"唯觉樽前笑不成"，要写离别的悲苦，又从"笑"字入手。一个"唯"字，表明诗人是多么想面对情人，举樽道别，强颜欢笑，使所爱欢欣！想笑是由于"多情"，"笑不成"是由于太多情。这种看似矛盾的情态描写，把诗人内心的真实感受，说得委婉尽致，极有情味。

诗人又撇开自己,去写别筵上燃烧的蜡烛,借物抒情。带着极度感伤的心情去看周围的世界,眼中的一切也就都带上了感伤色彩。这就是南朝梁刘勰所说的"属采附声,亦与心而徘徊"(《文心雕龙·物色》)。蜡烛本是有烛芯的,所以说"蜡烛有心";而在诗人的眼里烛芯变成了"惜别"之心,把蜡烛拟人化了。"替人垂泪到天明",彻夜流溢的烛泪,是在为人的离别而伤心。"替人"二字,使意思更深一层。"到天明"点出宴饮时间之长,这也是不忍分离的一种表现。

诗人用精练流畅、清爽俊逸的语言,表达了悱恻缠绵的情思,风流蕴藉,意境深远,余韵不尽。杜牧为人刚直有节,敢论列大事,却也不拘小节,好歌舞,风情颇张。本诗亦可见此意。

(张燕瑾)

▶▶ **温庭筠**(约801—866) 原名岐,字飞卿,太原(今山西太原西南)人,寄家江东。每入试,押官韵,八叉手而成八韵,时号温八叉。仕途不得意,官止国子助教。其诗辞藻华丽,多写个人遭际,于时政亦有所反映。与李商隐齐名,号"温李"。原有集,已散佚,后人辑有《温庭筠诗集》《金荃词》。

# 瑶 瑟 怨

### 温庭筠

冰簟银床梦不成,碧天如水夜云轻。

雁声远过潇湘去,十二楼中月自明。

瑶瑟,是玉镶的华美的瑟。瑟声悲怨,相传"泰帝使素女鼓五十弦瑟,悲,帝禁不止,故破其瑟为二十五弦"(《汉书·郊祀志》)。在古代诗歌中,它常和别离之悲联结在一起。题名正暗示诗所写的是女子别离的悲怨。

头一句正面写女主人公。"冰簟银床",指冰凉的竹席和银饰的床。"梦不成"三字很可玩味。会合渺茫难期,只能将希望寄托在本属虚幻的梦寐上;而现在难以成眠,竟连梦中相见的微末愿望也落空了。

第二句宕开写景。长空澄碧,月华似水,偶有几缕飘浮的云絮轻轻掠过,更显出夜空的澄洁与空阔,境界清丽而略带寂寥。它既是女主人公活动的环境和背景,又是她眼中所见的景物。不仅衬托出了人物皎洁轻柔的形象，而且暗透出人物清冷寂寞的意绪。

第三句转而从听觉角度写景，和上句"碧天"紧相承接。"雁声远过"，写出了雁声自远而近、又由近而远、终渐渐消失的过程，也从侧面暗示出女主人公凝神屏息倾听而若有所思的情状。古有湘灵鼓瑟和雁飞不过衡阳的传说，所以有雁去潇湘的联想，但同时恐怕和女主人公心之所系有关。雁足传书，大约正暗示所思念的人在遥远的潇湘那边。

前三句分别从女主人公所感、所见、所闻的角度写，末句却只画出沉浸在明月中的"十二楼"。《史记·孝武本纪》集解引应劭曰："昆仑玄圃五城十二楼，此仙人之所常居也。"诗中用"十二楼"，暗示女主人公是女冠者流或贵家女子。"月自明"的"自"字用得很有情味。孤居独处的离人面对明月，会勾起别离的情思、团圆的期望，但月本无情，仍自照临高楼。这样以景结情，更添悠然不尽的余韵。

全篇除"梦不成"三字外，全是景物描写，就像是几个组接巧妙的写景镜头。诗人通过景物的描写、组合，渲染一种和别离之怨和谐统一的氛围、情调。一切组成了一幅清丽而含有寂寥哀伤情调的图画，而整个画面的色调和谐地统一在轻柔朦胧的月色之中。

仔细寻味，诗题似同时暗示诗的内容与"瑟"有关。"中夜不能寐，起坐弹鸣琴"（三国魏阮籍《咏怀》），如果说首句是写"中夜不能寐"，那么后三句可能是极含蓄地暗写"起坐弹鸣琴（瑟）"。弹奏时正好有雁飞向南方，像是因瑟声的动人引来，又因不胜清怨而飞去一样。曲终之后，万籁俱寂，惟见月照高楼，弹奏者则如梦初醒，怅然若失。这样理解，诗的抒情气氛似乎更浓一些，题面与内容也更相称一些。

（刘学锴）

▶▶ **李商隐**(约813—约858)　字义山,号玉谿生,怀州河内(今河南沁阳)人。开成进士,曾任县尉、秘书郎和东川节度使判官等职。因受牛李党争影响,遭人排挤,潦倒终身。所作咏史诗多托古以讽;"无题"诗脍炙人口,也有所寄寓,至其实际含义,诸家所释不一。擅长律、绝,富于文采,构思精密,情致婉曲,风格独特,然因用典太多,或致意旨隐晦。与杜牧并称"小李杜"。又与温庭筠并称"温李"。有《李义山诗集》。

# 重 过 圣 女 祠

## 李商隐

白石岩扉碧藓滋,上清沦谪得归迟。

一春梦雨常飘瓦,尽日灵风不满旗。

萼绿华来无定所,杜兰香去未移时。

玉郎会此通仙籍,忆向天阶问紫芝。

### 赏析

　　这首诗的意境扑朔迷离,托寓似有似无,比有些无题诗更费猜详。题内的"圣女祠",或以为实指陈仓(今陕西宝鸡东)的圣女神祠,或以为托喻女道士所居住的道观。后一种说法可能比较接近实际。

　　"白石岩扉碧藓滋,上清沦谪得归迟。"首句勾画出圣女所居的清幽寂寥,暗透其幽洁清丽的风神气质;门前碧藓滋生,暗示久无人迹,暗寓"归迟"之意。次句正面揭出全篇主意:她从上清仙界贬谪下来,迟迟未能回归天上。

　　颔联扩展到对整体环境气氛的描绘——"一春梦雨常飘瓦,尽日灵风不满旗。"细雨轻风连绵不断,仿佛"一春"常飘,"尽日"轻扬。金代王若虚《滹南诗话》引萧闲语云:"盖雨之至细若有若无者,谓之梦。"本已有虚无缥缈、朦胧迷幻之感,而巫山神女朝云暮雨的故实,又赋予"梦雨"爱情的暗示;这景象便不单纯是气氛渲染,而是多少带上了比兴象征的意味,令人联想到圣女在爱情上的某种期待和希望,总是像梦一样地飘忽、渺茫。同样地,联系"何处西南待好风"(《无题二首》之一)等细加体味,也会隐约感到"灵风"的描写中暗透出好风不满的遗憾和无所依托的幽怨。这种由缥缈之景、朦胧之情融合成的幽渺迷蒙之境,极富象外之致,略可意会,而难以言传。这是一种典型的朦胧美。

颈联以处境不同的两位仙女反衬圣女的身世遭遇。道书上说,萼绿华于晋穆帝升平三年(359)夜降羊权家,后授尸解药引其升仙。杜兰香本是渔父在湘江岸边收养的弃婴,长大后有青童携其升天而去。兰香对渔父说:"我仙女也,有过谪人间,今去矣。"来无定所,并非"沦谪"尘世,困守一地;去未移时,不同于"圣女"之迟迟未归。

"玉郎会此通仙籍,忆向天阶问紫芝。""玉郎"是掌管神仙名册的仙官。"通仙籍"指取得登仙界的资格(古称登第入仕为通籍)。尾联转向对将来的期盼。当时商隐幕主柳仲郢内征为吏部侍郎,职掌官吏铨选。"玉郎"或即影指仲郢,希望他能帮助自己重登朝籍。

这首诗成功塑造了一位沦谪不归、幽居无托的圣女形象。有的研究者认为诗人是托圣女以自寓,有的则认为是托圣女以写女冠。实际上不妨说是三位而一体:明赋圣女,实咏女冠,而融合了诗人自己遇合如梦、无所依托的人生体验,诗歌的意境在缥缈中显出沉郁。

(刘学锴)

# 悼伤后赴东蜀辟至散关遇雪

李商隐

剑外从军远，无家与寄衣。

散关三尺雪，回梦旧鸳机。

赏析

　　李商隐生活的年代，"牛李党争"激烈，他因娶李党王茂元之女而得罪牛党，长期遭到排抑，仕途潦倒。尽管如此，他与王氏始终情笃意深。宣宗大中五年（851）夏秋之交，王氏突然病逝，李商隐万分悲痛。这年冬天，他应柳仲郢之辟，从军赴东川（治今四川三台）。痛楚未定，又要离家远行，凄戚的情怀可想而知。这首诗就写于赴蜀途中。

　　起句"剑外从军远"，点明远行的原因是"从军"，即入节度使幕府。"剑外"，指剑阁之南蜀中地区。着一"远"字，不仅写行程之遥，更有意让人由"远"思"寒"。隆冬之际，旅人孑然一身，自然使人产生苦寒之思。

　　第二句"无家与寄衣"，蕴意至深。一路风霜，万般凄苦，都在这淡淡的一句诗中了。诗人善于用具体细节表达抽象的思念，用寄寒衣这一生活中的小事，倾泻出自己心底悲痛的潜流和巨大的哀思。

　　"散关三尺雪"是全诗的承转之辞，上承"遇雪"诗题，给人"乱山残雪夜，孤灯异乡人"的凄凉漂泊之感；同时，大雪奇寒与无家寄衣联系起来，转入下文。也许因为大雪封山，道路阻绝，诗人只能留宿散关驿舍,睡梦中见妻子正坐在旧时的鸳机上为他赶制棉衣。"回梦旧鸳机",情意是多么真挚悲切!清代纪昀云:"犹作有家想也。"用"有家"反衬"无家"丧妻的痛苦,更见诗人内心痛苦之深!

　　此诗朴素洗练,深情绵邈,用层层推进、步步加深的手法,写出凄凉寂寞的情怀和难言的身世之痛。从军剑外,畏途思家,是第一层;妻亡家破,无人寄衣,伤别与伤逝之情交织,是第二层;路途遇雪,行期阻隔,苦不堪言,是第三层;"以乐景写哀",用温馨欢乐的梦境反衬冰冷痛苦的现实,倍增其哀,是第四层。在悼伤之情中,包孕着行役的艰辛、路途的坎坷、伤别的愁绪、仕途蹭蹬的感叹等复杂感情。短短二十字,概括如此丰富深沉的感情内容,可见李商隐高度凝练的艺术工力。

(曹　旭)

# 夜 雨 寄 北

李商隐

君问归期未有期,巴山夜雨涨秋池。

何当共剪西窗烛,却话巴山夜雨时。

　　这首诗,南宋洪迈《万首唐人绝句》题作《夜雨寄内》,"内"就是"内人"(妻子);今传李诗各本题作《夜雨寄北》,"北"就是北方的人,可以

指妻子或朋友。从诗的内容看,按"寄内"理解,似乎更确切一些。

第一句一问一答,先停顿,后转折,跌宕有致,极富表现力。羁旅之愁与不得归之苦,已跃然纸上。接下去,写此时的眼前景:"巴山夜雨涨秋池。"那愁苦便与夜雨交织,绵绵密密,淅淅沥沥,涨满秋池,弥漫于巴山的夜空。作者却从眼前景生发开去,驰骋想象,另辟新境,表达了"何当共剪西窗烛,却话巴山夜雨时"的愿望。其构思之奇,真有点出人意外。然而设身处地,又觉得情真意切,字字如从肺腑中自然流出。"何当"(何时能够)是从"君问归期未有期"的现实中迸发出来的;"共剪""却话",乃是由当前苦况所激发的对于未来欢乐的憧憬,则此时思归之切,此时"独听巴山夜雨"而无人共语,不言可知。独剪残烛,夜深不寐,在淅淅沥沥的巴山秋雨声中阅读妻子询问归期的信,而归期无准,其心境之郁闷、孤寂,是不难想见的。作者却跨越这一切去写未来,盼望在重聚的欢乐中追话今夜的一切。未来的乐,自然反衬出今夜的苦;而今夜的苦,又成了未来剪烛夜话的材料,增添了重聚时的乐。四句诗,明白如话,却何等曲折,何等深婉,何等含蓄隽永,余味无穷!

清代桂馥《札朴》卷六说:"眼前景反作后日怀想,此意更深。"这着重空间方面而言。徐德泓《李义山诗疏》说:"翻从他日而话今宵,则此时羁情,不写而自深矣。"这着重时间方面而言。前人诗作中,写身在此地而想彼地之思此地者,不乏其例;写时当今日而想他日之忆今日者,为数更多。但把二者统一起来,虚实相生,情景交融,却不能不归功于李商隐既善于借鉴前人的艺术经验,又勇于进行新的探索,发挥独创精神。

上述艺术构思的独创性又体现于章法结构的独创性。"期"字两见,一为妻问,一为己答。"巴山夜雨"重出,一为客中实景,紧承己答;一为归后谈助,遥应妻问。而"何当"介乎其间,化实为虚,使时间与空间的回环对照融合无间。近体诗一般要避免字面重复，这首诗却有意打破常规，音调与章法的回环往复之妙，恰切地表现了时间与空间回环往复的意境之美，达到了内容与形式的完美结合。

（霍松林）

# 无 题 二 首（其一）

## 李商隐

昨夜星辰昨夜风，画楼西畔桂堂东。

身无彩凤双飞翼，心有灵犀一点通。

隔座送钩春酒暖，分曹射覆蜡灯红。

嗟余听鼓应官去，走马兰台类转蓬。

赏析

这是一首作者自己直接出场的无题诗，抒写对昨夜偶然相值、旋成间隔的意中人深切的怀想。

开头两句由今宵情景引发对昨夜的追忆。没有去具体叙写昨夜的情事，只是借助星辰好风的点染、画楼桂堂的映衬，烘托出一种温馨旖旎、富于暗示性的环境气氛。"昨夜"复迭，句中自对，以及上下两句一气蝉联的句式，构成圆转流美、富于唱叹之致的格调，使抒情气氛更加浓郁。

三、四两句抒写今夕的相隔和由此引起的复杂微妙心理。彩凤双飞，常用作美满爱情的象征。用"身无彩凤双飞翼"暗示爱情的阻隔，可说是常语翻新。而"心有灵犀一点通"则完全是诗人的独创和巧思。犀牛角在古代被视为灵异之物，它中央有一道贯通上下的白线（实为角质），更添神异色彩。诗人正是从这一点展开想象，用它比喻相爱的心灵之间的契合与感应，极新奇而贴切。"身无""心有"相互映照、生发，组成包蕴丰富的矛盾统一体。相爱的双方不能会合，本是深刻的痛苦；但身不能接而心则相通，却是莫大的慰藉。诗人所要表现的，是间隔中的契合、苦闷中的欣喜、寂寞中的安慰。将矛盾着的感情的相互渗透和奇妙交融表现得这样深刻细致而又主次分明，这样富于典型性，确实可见诗人抒写心灵感受的才力。

五、六两句不妨理解为对意中人今夕处境的想象。"送钩""射覆"，都是酒宴上的游戏（前者是传钩于某人手中，后者是藏物于巾盂之下，让人猜，不中者罚酒）；"分曹"是分组的意思。热闹的宴会上，灯红酒暖，觥筹交错，隔座送钩，分曹射覆，气氛该是何等融怡醉人，而诗人此刻处境的凄清寂寞自见于言外，自然引出末联的嗟叹来。

"如此星辰非昨夜，为谁风露立中宵？"终宵思念，不觉晨鼓已经敲响，应差的时间到了。可叹自己正像飘转不定的蓬草，又不得不匆匆走马兰台（秘书省的别称，当时诗人正在秘书省任职）。结尾将爱情的怅惘与身世的慨叹融合起来，扩大了诗的内涵，深化了诗的意蕴，使得这首采用"赋"法的无题诗，也含有某种自伤身世的意味。

李商隐的无题诗往往着重抒写主人公的心理活动，事件与场景的描述常打破一定的时空次序，随着心理活动的流程交错展现。这首诗在这方面表现得相当典型，大幅度的跳跃，加上实境虚写（如次句）、虚境实写（如颈联）等手法的运用，使它显得断续无端，变幻迷离，可以看成古代诗歌中的"意识流"作品。

# 无 题 四 首(其一)

### 李商隐

来是空言去绝踪，月斜楼上五更钟。

梦为远别啼难唤，书被催成墨未浓。

蜡照半笼金翡翠，麝熏微度绣芙蓉。

刘郎已恨蓬山远，更隔蓬山一万重！

赏析

　　《无题四首》，包括七律两首，五律、七古各一首。体裁既杂，各篇之间在内容上也看不出有明显的联系，似乎不一定是同时所作的有统一主题的组诗。

　　这首无题诗写对远隔天涯的所爱女子的思念。"梦为远别"四字是一篇眼目。全诗先从梦醒时的情景写起，再将梦中和梦后、实境与幻觉糅合在一起抒写，最后点明蓬山远别之恨。这样的构思，不只避免了艺术上的平直，而且更好地突出了爱情阻隔的主题。

　　首句说对方曾有重来的期约，却徒为"空言"，一去之后便杳无踪影。这句凌空而起，似感突兀，下句宕开写景，更显得若即若离，要和"梦"联系起来，才能领会它的韵味。经年远别，会合无缘，夜来入梦，忽得相见。一觉醒来，但见斜月空照楼阁，远处传来悠长而凄清的晓钟声。梦醒后的空寂更证实了梦境的虚幻，笼罩着空虚、孤寂、怅惘的氛围。

颔联出句追溯梦中情景，反映了远别所造成的深刻的心灵伤痛，也更强化了刻骨的相思。梦醒之后不假思索而至的第一个冲动，就是给对方写信。强烈的思念驱使着抒情主人公奋笔疾书，倾诉积愫，在急切心情支配下的人当时是不会注意到"墨未浓"的，只是在"书被催成"之际，才会意外地发现这个事实。这样的细节描写，完全符合主人公当时的心境，很富生活实感。

颈联对室内环境气氛的描绘渲染，是实境与幻觉的交融，很富象征暗示色彩。"金翡翠""绣芙蓉"，本是往昔美好爱情生活的象征，在朦胧的烛光照映下，与刚刚消逝的梦境融成一片，恍惚中仿佛闻到被褥上的余香——日夜思念的人此刻也许就近在咫尺吧？这自然只是一刹那的幻觉。幻觉一经消失，随之而来的就是室空人杳的寂寥和怅惘，往事不可复寻的感慨，"金翡翠""绣芙蓉"也就成了离恨的触媒，索寞处境的反衬。

末联用刘晨重入天台寻觅仙侣不遇的故事点明主题。细味诗意，似是双方本就阻隔不通，会合良难，后来对方又复远去，希望就更加渺茫了。通过前六句对远别之恨和相思之苦的反复描绘渲染，后两句集中抒写的天涯阻隔之恨才具有回肠荡气的艺术力量。

李商隐这类纯粹抒情的爱情诗由于过分忽略必要的叙事，一切具体情事都消融得几乎不留痕迹，可能比较费解，但就其"精纯"的程度而言，却远远超过了元、白那些绘形绘色却不免流于艳亵的爱情诗。

（刘学锴）

# 无 题 四 首（其二）

李商隐

飒飒东风细雨来，芙蓉塘外有轻雷。

金蟾①啮锁②烧香入，玉虎③牵丝④汲井回。

贾氏窥帘韩掾少⑤，宓妃留枕魏王才⑥。

春心莫共花争发，一寸相思一寸灰！

---

① 金蟾：一种蟾状香炉。
② 锁：香炉的鼻纽，开启后可放入香料。
③ 玉虎：用玉石装饰的虎状辘轳。
④ 丝：井索。
⑤ 指贾午与韩寿的爱情故事。韩寿美姿容，大臣贾充辟以为掾（yuàn，僚属）。充每聚会，其女贾午辄窥韩寿，私相慕悦，遂私通，并以皇帝赐充之西域异香赠寿。充发觉后，以女妻寿。事见《世说新语》及《晋书·贾充传》。
⑥ 宓妃：即洛神。《文选·洛神赋》李善注称，魏东阿王曹植曾求娶甄氏，曹操却将她许给曹丕。甄后被谗死后，曹丕将其遗物玉带金镂枕送给曹植。植离京后，途经洛水，梦见甄后对他说："我本托心君王，其心不遂。此枕是我在家时从嫁前与五官中郎将（即曹丕），今与君王……"植感其事而作《感甄赋》，后明帝改名《洛神赋》。

赏析

这首无题诗写一位深锁幽闺的女子追求爱情而失望的痛苦。

首联描绘环境气氛，既隐隐传出生命萌动的春天气息，又带有一些凄迷黯淡的色调，烘托出女主人公萌发跃动的春心和难以名状的迷惘苦闷。这种"象外之致"，和诗歌语言的富于暗示性有密切关系。

走进唐诗 爱情

"东风细雨",使人自然联想起"梦雨"的典故和"东风飘兮神灵雨"（《楚辞·九歌·山鬼》）；"芙蓉塘"即莲塘，在南朝乐府和唐人诗作中，常常用作男女相悦传情之所的代称；"轻雷"暗用汉司马相如《长门赋》："雷殷殷而响起兮，声象君之车音。"清代纪昀说："起二句妙有远神，可以意会。"

颔联续写女子居处的幽寂。室内户外，所见者惟闭锁的香炉，汲井的辘轳，衬托出幽居孤寂的情景和长日无聊、深锁春光的惆怅。香炉和辘轳，在诗词中也常和男女欢爱联系在一起。所以它们同时又是牵动女主人公相思之情的事物，从分别用"香""丝"谐"相""思"可以明显看出。总之，这一联兼用赋、比，既表现女主人公深锁幽闺的索寞，又暗示她内心的情丝在时时被牵动。由于务求深隐，读来不免感到晦涩。

后幅是女主人公的内心独白。颈联用贾充女与韩寿、甄后与曹植的爱情故事。由上联的"烧香"引出贾氏赠香，由"牵丝（思）"引出甄后情思，前后幅之间藕断丝连。无论是贾氏窥帘，爱韩寿之少俊，还是甄后情深，慕曹植之才华，都反映出追求爱情的愿望是无法抑止的。

末联陡转反接，迸发出内心的郁积与悲愤。女主人公相思无望，透过"春心莫共花争发"，读者实际感受到的却是：春心，永远无法抑止，也不会泯灭！这一联之所以具有震撼人心的艺术力量，除了感情的强烈和富于典型性外，还由于它在艺术上的创造性。以"春心"喻爱情的向往，是平常的比喻；但与"花争发"联系起来，则不仅赋予"春心"以美好的形象，而且显示了它的自然合理性。"一寸相思"是由香销成灰生出的联想，不但化抽象为形象，而且用强烈对照的方式显示了美好事物的被毁灭，具有动人心弦的悲剧美。

李商隐写得最好的爱情诗，几乎全是写失意的爱情。这和他失意沉沦的身世遭遇不无关系。自身遭遇使他对失意的爱情有特别深切的体验，像本篇和前一首，在蓬山远隔、相思成灰的感慨中，是不是也有可能融入仕途间阻、政治上的追求屡遭挫折的感触呢？

（刘学锴）

# 王十二兄与畏之员外相访见招
# 小饮时予以悼亡日近不去因寄

李商隐

谢傅门庭旧末行，今朝歌管属檀郎。

更无人处帘垂地，欲拂尘时簟竟床。

嵇氏幼男犹可悯，左家娇女岂能忘？

愁霖腹疾俱难遣，万里西风夜正长。

赏析

大中五年（851）春夏之交，李商隐的妻子王氏病故。这年秋天，商隐的内兄王十二（十二是排行）和连襟韩瞻（字畏之，时任尚书省某部员外郎）往访，邀他前往王家小饮。诗人心绪不佳，没有应邀；过后写了这首诗寄给王、韩二人，抒写深切的悼亡之情，表明未能应约的原因。

"谢傅门庭"的谢傅，即谢安，死后追赠太傅。这里借指岳丈王茂元。西晋潘岳小字檀奴，后人或称之为檀郎，唐人多用以指女婿。这里借指韩瞻。李商隐娶的是王茂元的幼女,故谦称"末行","旧末行"所引起的是对往昔翁婿夫妇间温馨气氛怅然若失的怀想。"今朝歌管"反衬诗人无边的孤子与凄凉。"属檀郎","属"字惨然。在诗人的感觉中,自己与家庭宴饮之乐已经永远绝缘了。

颔联掉笔正面抒写悼亡。对句化用潘岳《悼亡诗》"展转眄枕席,长簟竟床空,床空委清尘,室虚来悲风"句意。"更无人处"与"帘垂地"、"欲拂尘时"与"簟竟床"之间各有一个短暂的停顿,显出了顿挫曲折的情致,构成了特有的韵味,不但突出了神惊心折之感,而且极为微妙地表现了诗人欲拂尘而不忍的心理状态,似乎那会拂去对亡妻辛酸而亲切的记忆。平易中寓有细微曲折,传出恍惚怅惘之态,显得特别隽永有味。

颈联续写幼女稚子深堪悯念,是对悼亡之情的深一层抒写。三国魏嵇康之子嵇绍十岁丧母,西晋左思曾为女儿作《娇女诗》。这里以"嵇氏幼男""左家娇女"借指自己的幼子衮师和女儿。"犹可悯"与"岂能忘",互文兼指。怜念子女,自伤孤子,悼念亡妻,这几方面的感情内容都不露痕迹地包蕴在诗句中了。

末联情景相生,进一步抒写深长而复杂的内心痛苦。"愁霖",指秋天连绵不断的苦雨。"腹疾",语本《左传·昭公元年》"雨淫腹疾",原指因淫雨而引起的腹泻,这里借指内心的隐痛。李商隐一生的悲剧遭遇和他的婚姻密切相关。他娶了王茂元的女儿,遭到朋党势力的忌恨,从此在仕途上一再受到排抑。包围着他的是无边无际、无穷无尽的凄冷和黑暗,内心的痛苦也和这绵延不绝的秋雨一样无法排遣,和这茫茫长夜一样未有穷期。由于织入了对时代环境和畸零身世的感受,这首悼亡诗的内涵就比一般的同类作品要丰富复杂,意余言外的特点也就显得分外突出。

(刘学锴)

# 为 有

李商隐

为有云屏无限娇, 凤城寒尽怕春宵。

无端嫁得金龟婿①,辜负香衾事早朝。

---

① 金龟婿:佩有金龟袋的夫婿。《新唐书·车服志》:"天授二年,改佩鱼皆为龟。其后三品以上龟袋饰以金。"

赏析

这首诗大约写作于会昌六年(846)至大中五年(851)之间,即李德裕罢相后,诗人妻王氏去世前。这段时间李商隐个人和家庭的处境都十分困难。

诗歌描述的是一对宦家夫妇的怨情。开头用"为有"二字把怨苦的缘由提示出来。"云屏",云母屏风,指闺房陈设富丽;"无限娇"称代娇媚无比的少妇。京城寒尽之时,两人处在云屏环列的闺房之中,更兼暖香暗送,气候宜人,理应有春宵苦短之感,怎么会"怕"?首句的"因"和次句的"果"显然有抵牾之处,这就造成一种悬念。

三、四句通过少妇的口揭示"怕春宵"的原因。衾枕香暖,两情款洽,本应日晏方起;可是偏偏嫁了你这个身佩金龟的作官夫婿,天不亮就要起身去早朝,害得我一个人孤零零地守在闺房里,实在不是滋味。"无端"二字活画出这位少妇娇嗔的口吻,表达了她对丈夫的深情。

走进唐诗 爱情

其实,丈夫的"怕春宵"比妻子的更甚。除了留恋香衾,还怕听妻子嗔怪的话,她那充满柔情而又浸透泪水的怨言,叫人不禁为之心碎。对娇妻,有内疚之意;对早朝,有怨恨之情;对爱情生活的受到损害,则有惋惜之感。"辜负"云云,出自妻子之口,也表达了丈夫的心意,显得蕴藉深婉,耐人寻味。

这首绝句含蓄深沉而又富于变幻。前两句一起一承,一因一果,好像比较平直;但着一"怕"字,风波顿起,情趣横生。后面两句围绕着"怕"字作进一步的解说,使意境更加开拓明朗。这样写,前后连贯,浑然一体。其中"为有""无端"等语委婉尽情,极富感染力。诚如近人喻守真所说:"此诗神韵,全在'为有'与'无端'四字。有这样的娇妻当然可爱,没来由作了金龟婿,却又可恨,一种闺房之乐,两口怨情,全在这四字曲曲道出。"(《唐诗三百首详析》)

(朱世英)

# 无　　题

## 李商隐

相见时难别亦难,东风无力百花残。

春蚕到死丝方尽,蜡炬成灰泪始干。

晓镜但愁云鬓改,夜吟应觉月光寒。

蓬山此去无多路,青鸟殷勤为探看。

玉谿生的这首《无题》，全以首句"别"字为通篇主眼。南朝梁江淹《别赋》说："黯然销魂者，唯别而已矣！""黯然"二字，也正是此诗所表达的情怀与气氛。

乐聚恨别，人之常情。玉谿一句点破说：惟其相见之不易，故而离别之尤难。古有成语，"别易会难"，意即会少离多。玉谿此句，实将古语加以变化运用，在含意上翻进了一层，感情绵邈深沉，语言巧妙多姿。两个"难"字表面似同，义实有别。

"东风无力百花残"，说者多谓此句接承上句，伤别之人，偏值春暮，倍加感怀。如此讲诗，不能说是讲错了。但是诗人笔致，两句关系，正在有意无意之间。必定将它扣死，终觉未免呆相。东风力尽，则百卉群芳，韶华同逝。花固如是，人又何尝不然。此句所咏者，固非伤别适逢春晚的这一层浅意，而实为身世遭逢、人生命运的深深叹惋。

一到颔联，笔力所聚，精彩愈显。春蚕自缚，绛蜡自煎，有此痴情苦意，几于九死未悔，方能出此惊人奇语，否则岂能道得只字？这一联两句，看似重叠，实则各有侧重：上句情在缠绵，下句语归沉痛，合则两美，不觉其复，恳恻精诚，生死以之。

晓妆对镜，抚鬓自伤，女为谁容，膏沐不废——所望于一见也。一个"改"字，从诗的工巧而言是千锤百炼而后成，从情的深挚而看是千回百转而后得。留命以待沧桑，保容以俟悦己，其苦情密意，全从"改"字传出。

"晓镜"句犹是自计，"夜吟"句乃以计人——良夜苦吟，月已转廊，人犹敲韵，须防为风露所侵……夫当春暮，百花已残，岂有月光觉"寒"之理？此"寒"，如谓为"心境"所造，犹落纤曲，盖正见其自葆青春,即欲所念者亦善加护惜,勿自摧残也。

本篇的结联,意致婉曲。"蓬山",海上三神山也,自来以为可望而不可即之地,此处偏偏却说"无多路"。真耶?假耶?其答案在下一句已然自献分明:若果真是"无多路",又何用劳烦青鸟之仙翼神翔乎?玉谿之笔,正是反面落墨。

末句"为探看",三字恰巧都各有不同音调的"异读",如读不对,就破坏了律诗的音节之美。在此,"为"是去声,"探"也是去声(在诗词中它读平声时更多,故须一加说明),而"看"是平声。"探"为主字,"看"是"试试看"的那个"看"字的意思。蓬山万里,青鸟是否能带回音信呢?抱着无限的希望——可是也知道这只是一种愿望和祝祷罢了。只有这,是春蚕和绛蜡的终身的期待。

(周汝昌)

# 端　　居

## 李商隐

远书归梦两悠悠,只有空床敌素秋。

阶下青苔与红树,雨中寥落月中愁。

这是作者滞留异乡,思念妻子之作。题目"端居",即闲居之意。

诗人远别家乡和亲人已久，妻子从远方的来信是客居异乡寂寞生活的慰藉，但已很久没有见到它的踪影了。在这寂寥的清秋之夜，得不到家人音书的空廓虚无之感变得如此强烈，为寂寞所咬啮的灵魂便想从"归梦"中寻求慰藉。即使是短暂的梦中相聚，也总可稍慰相思。但一觉醒来，盼远书而不至，觅归梦而不成，"悠悠"二字，既形象地显示出远书、归梦的杳邈难期，也传神地表现出希望皆落空时怅然若失的意态。而别后经年的时间、空间远隔，也隐见于言外。

次句写中宵醒后寂寥凄寒的感受。"素秋"，是秋天的代称。它的暗示色彩相当丰富。它使人联想起洁白清冷的秋霜，皎洁凄寒的秋月，明澈寒冽的秋水，一切散发着萧瑟清寒气息的秋天景物。对于寂处异乡、"远书归梦两悠悠"的客子，"素秋"不仅是引动愁绪的一种触媒，而且是对毫无慰藉的心灵一种不堪忍受的重压。然而，诗人可以用来和它对"敌"的却只有"空床"而已。清代冯浩《玉谿生诗笺注》引杨守智评说："'敌'字险而稳。"这里的"敌"字下得较硬较险，初读似感刻露，如用"对"字，比较平稳而浑成，但只表现"空床"与"素秋"默默相对的寂寥清冷之状，偏于客观描绘。而"敌"则除了含有"对"的意思之外，还兼传出空床独寝的人无法承受又不得不承受"素秋"的凄怆，更偏于主观精神状态的刻画，本身又是准确而妥帖的，和离开整体意境专以雕琢字句为能事者有别。

三、四两句从室内移向室外，但并不是客观地描绘，而是移情入景。青苔显出寓所的冷寂，红树则是暮秋特有，本来是比较明丽的，但由于是在夜间，在迷离雨色、朦胧夜月的笼罩下，色调便不免显得黯淡模糊，似乎呈现出一种无言的愁绪和清冷寥落的意态。"青苔"与"红树"，"雨中"与"月中"，"寥落"与"愁"，都是互文错举。"雨中"与"月中"，似乎不大可能是同一夜的景象。把眼前的实景和记忆中的景色交织在一起，暗示中宵不寐、思念远人已非一夕。这三组词两两互文错举，后两组又句中自对，又使诗句具有一种回环流动的美。联系开头的"远书""归梦",似乎还可以让我们联想起相互远隔的双方各自相思的情景。风雨之夕,月明之夜,胸怀愁绪而寥落之情难遣的,又岂止是作客他乡的诗人一身呢。

（刘学锴）

# 日　射

### 李商隐

日射纱窗风撼扉,香罗拭手春事违。

回廊四合掩寂寞,碧鹦鹉对红蔷薇。

赏析

　　李商隐的抒情诗是以婉曲达意见长的。他常喜欢避开正面抒情,借助于环境景物的描绘来渲染气氛,烘托情思。《日射》为我们提供了典型的例子。

　　诗写的是空闺少妇的怨情。同类题材在唐人诗中并不少见,如王昌龄《闺怨》就是著名的一首:"闺中少妇不知愁,春日凝妆上翠楼。忽见陌头杨柳色,悔教夫婿觅封侯。"末句点明离愁,是直抒其情的写法。可是本篇却不一样,它没有一个字涉及怨情,只是在那位闺中少妇无意识地搓弄手中罗帕的动作中,微微逗露那么一点儿百无聊赖的幽怨气息。整首诗致力于氛围的铺写烘染。那映射于纱窗上的明媚阳光、撼响门扉的风儿以及院子里盛开的红蔷薇花,都表明季节已进入"春事违"(春光逝去)的初夏。而我们的主人公仍置身于空寂的庭园中,重门掩闭,回廊四合,除了笼架上栖息的绿毛鹦鹉,别无伴侣。人事的孤寂寥落与自然风光的生趣盎然,构成奇异而鲜明的对比。这一切怎能不给予人物内心世界以强烈的刺激呢?作品尽管没有直接抒述情感,但将足以引起情绪活动的种种物象和整个环境再现了出来,于是主人公面对韶华流逝伤感索寞的心理,也就不难窥测了。这种"尽在不言中"的表现手法,正体现了诗人婉曲达意的独特作风。

通篇色彩鲜丽而情味凄冷,以丽笔写哀思,有冷暖相形之妙。这也是李商隐诗歌的一个特点。

(陈伯海)

# 离亭赋得折杨柳(二首)

## 李商隐

暂凭尊酒送无憀<sup>①</sup>,莫损愁眉与细腰。
人世死前惟有别, 春风争拟惜长条?

含烟惹雾每依依, 万绪千条拂落晖。
为报行人休尽折, 半留相送半迎归。

---

① 无憀(liáo):无聊。

这两诗与杜牧《赠别》主题相同,即都为和心爱的姑娘分别时的伤离之作,但写法各别。"离亭",指分别之地,"亭"即驿站。"赋得"某某,是古人诗题中的习惯用语,即为某物或某事而作诗之意。诗人在驿站中来咏叹折柳送别的风俗,以申其惜别之情。

第一首起句写双方当时的心绪。彼此相爱,却活生生地拆散了,无可奈何,只好暂时凭借杯酒,以驱遣离愁别绪。次句写行者对居者的劝慰。所希望于你的,就是好好保重身体。本来已是眉愁腰细的了,哪里还再经得起损伤?先作一反跌,使情绪松弛一下,正是为了下半首更紧地绷起来。第三句是一句惊心动魄的话。除了死亡,还有什么比分别更令人痛苦的呢?是判断,是议论,又是多么沉痛的抒情!第四句紧承第三句:既然如此,即使春风有情,爱惜长长的柳条,又怎能不让那些满怀着"人世死前惟有别"的痛苦的人们去攀折呢?"惜"字与第二句的"损"字互相呼应。愁眉细腰,既是正面形容这位姑娘,又与杨柳双关。柳眉、柳腰是古典诗歌中的传统譬喻。"莫损",也有莫折之意。

第二首四句一气直下,写杨柳风姿可爱,烟雾中,夕阳下,千枝万缕,依依有情,送去行人,迎来归客,送行诚为可悲,而迎归岂不可喜?因此,就又回到上一首"莫损愁眉与细腰"那一句双关语上去了。就人来说,去了,还是可能来的,何必过于伤感以至于损了愁眉细腰呢?就柳来说,既然管送人,也就得管迎人,又何必将它一齐折光呢?折一半送人离去,留一半迎人归来,岂不更好!

第一首先是用暗喻的方式教人莫折,然后转到明明白白地说出非折不可,把话说得斩钉截铁,充满悲观情调。但第二首又再来一个大翻腾,认为要折也只能折一半,把话说得宛转缠绵,富有乐观气息。于文为针锋相对,于情为绝处逢生。情之曲折深刻,文之腾挪变化,真使人惊叹。

(沈祖棻)

# 代赠二首(其一)

### 李商隐

楼上黄昏欲望休[1],玉梯横绝月如钩。
芭蕉不展丁香结, 同向春风各自愁。

---

[1] 休:停止,罢休。

《代赠》,代拟的赠人之作。此题诗二首,这是第一首。诗以一女子的口吻,写她不能与情人相会的愁思。

诗的开头四字,就点明了时间、地点:"楼上黄昏。""欲望休"一本作"望欲休":她举步走到楼头,想去望望远处,却又废然而止。这不仅惟妙逼肖地描摹出女子的行动,而且也透露出她那无奈作罢的神情。为何又欲望还休呢?

对此,诗人并不作正面说明;他描绘周围景物,来表现女子的情思。

　　南朝梁江淹《倡妇自悲赋》写汉宫佳人失宠独居,有"网罗生兮玉梯虚"之句。"玉梯虚"是说玉梯虚设,无人来登。此诗的"玉梯横绝",是说玉梯横断,无由得上,喻指情人被阻,不能来此相会。此连上句,是说女子渴望见到情人,想去眺望,又蓦然想到他必定来不了,只得止步,把女子复杂矛盾的心理活动和孤寂无聊的失望情态,写得细微逼真。"月如钩"一本作"月中钩",意同,不仅烘托了环境的寂寞与凄清,还以月儿的缺而不圆象征一对情人的不得会合。

　　三、四句仍通过写景进一步揭示女子的内心感情。第二句缺月如钩是女子抬头所见远处天上之景;这两句则是低头所见近处地上景物。高下远近,错落有致。这里的芭蕉,是蕉心还未展开的芭蕉,稍晚的钱珝《未展芭蕉》中"芳心犹卷怯春寒",写的就是这种景象;这里的丁香,也不是盛开的,而是缄结不开的花蕾。它们共同对着黄昏时清冷的春风,哀愁无限。这既是女子眼前实景,又是借物写人,以芭蕉喻情人,以丁香喻女子自己,隐喻二人异地同心,都在为不得相会而愁苦。物之愁,兴起、加深了人之愁,是"兴";物之愁,亦即人之愁,又是"比"。这既是诗人的精心安排,又是即目所见,随手拈来,显得那么自然。

　　景与情、物与人融为一体,"比"与"兴"融为一体,精心结撰而又毫无造作雕琢之迹,是此诗的极为成功之处。特别是后两句,意境很美,含蕴无穷,历来为人所称道,明代王昌会《诗话类编》就把它特别标举出来,非常赞赏。

（王思宇）

# 板 桥 晓 别

李商隐

回望高城落晓河， 长亭窗户压微波。
水仙欲上鲤鱼去[1]，一夜芙蓉红泪多[2]。

---

[1] 据汉代《列仙传》载，琴高是战国时赵人，行神仙道术，曾乘赤鲤来，留月余，复入水去。
[2] 据东晋王嘉《拾遗记》载，魏文帝所爱美人薛灵芸离别父母，泪下沾衣，登车上路，用玉唾壶承泪，壶呈红色。及至京师，壶中泪凝如血。

**赏析**

　　题中"板桥"，指唐代汴州（治今河南开封）城西的板桥店，正像长安西边的渭城，是一个行旅往来频繁的站头，也是和亲友言别的地方。这首诗写友人李郢与汴州的情人告别的情景，以其奇幻绚丽开辟了言别的一种新境界。

　　首句回望来路所见。破晓时分，高悬在汴州城头上的银河，已黯淡下去，西移垂地。这对情侣曾在高城中度过一段难忘的时日，分袂之际，不免翘首回望。"落晓河"，既明点题内"晓"字，又暗寓牛女期会已过，离别在即。而情侣在分离的前夜依依话别、彻夜不眠的情景也不难想见。

　　次句的"长亭"，当是板桥上或近旁一座临水的亭阁，既是昨夜双方别前聚会之处，也是晓来分别之处。"压"字画出窗户紧贴水波的情景。在朦胧曙色中，隐现于波光水际的长亭仿佛是幻化出来的仙境

136

楼阁。窗下摇漾的微波，让人联想起昨夜双方荡漾不已的感情波流，又连接着烟波渺渺的去路（板桥下就是著名的通济渠）。全句写景，意境颇似牛女鹊桥，夜聚晓分，所以和首句"落晓河"之景自然融成一片。

一、二两句写景中微露奇幻神秘的色彩，三、四句进一步生出浪漫主义的想象，完全进入了神话故事的意境。"水仙"句暗用琴高事，把行者暗比作乘鲤凌波而去的水仙。行者乘舟南去，长亭下停靠着待发的小舟。由现实场景幻化成神话境界，想象虽奇幻，却又和眼前景吻合，显得自然真实。《楚辞·九歌·河伯》云："子交手兮东行，送美人兮南浦。波滔滔兮来迎，鱼鳞鳞兮媵予。""水仙"句似受到这一送别场景的启发，但其描绘的境界带有更多童话式的天真意趣。

末句转写送者。"红泪"暗用薛灵芸事。将送者暗喻为芙蓉，表现她的美艳；又由红色的芙蓉进而想象其泪也是"红泪"。它是从行者的眼中写送者，不直接描绘"晓别"时的情态，而是转忆昨夜这位芙蓉如面的情人泣血神伤的情景。这就不但从"晓别"写出了夜来的伤离，而且从夜来的伤离进一步暗示了"晓别"的难堪。

李商隐喜从前代小说和神话故事中汲取素材，构成诗歌的新奇浪漫情调和奇幻绚丽色彩。这首诗用传奇的笔法写普通的离别，将现实与幻想融为一片，创造出色彩缤纷的童话式幻境，在送别诗中确属少见。将平凡的题材写得新奇浪漫，正是"义山多奇趣"（南宋张戒《岁寒堂诗话》）的一种表现。

（刘学锴）

# 银 河 吹 笙

李商隐

怅望银河吹玉笙，楼寒院冷接平明。

重衾幽梦他年断，别树羁雌昨夜惊。

月榭故香因雨发，风帘残烛隔霜清。

不须浪作缑山意，湘瑟秦箫自有情。

赏析

　　李商隐的爱情诗里，《银河吹笙》并不常为人们称引，但它颇有一点特异之处，值得重视。

　　乍一读来，只觉得此诗不太好懂。李商隐诗有时比兴过于深曲，或用典冷僻，而造成理解上的困难。可这首诗没有什么隐喻手法，最后一联用了王子乔缑山骑鹤仙去、湘灵鼓瑟、秦女（弄玉）吹箫三个典故，也很习见，并不艰深。但一会儿说他年梦断，一会儿又说昨夜鸟啼，不知哪里的"月榭故香"，却同眼前的"风帘残烛"挂上了钩，实境与假想混杂，迷离恍惚，词意不很明白。其实，掌握了诗人心理的变化，诗的脉络还是不难找寻的。

　　天色欲明未明时分，银河映入眼帘，一阵吹笙之声传来耳中，身上还感到黎明前的丝丝寒意。昔日情事重又浮上心头，美好的欢情已随爱人的逝去，像一场幽梦永远破灭了。窗外枝头惊啼通宵的雌鸟，莫非也怀有失侣之痛？忆念往事，从前与爱人相聚的故园台榭闪现在脑海里，园中繁花想来已被近日雨水催发了，芳姿是多么可爱呀！霎时间，幻景消失，只剩眼前风帘飘拂，残烛摇焰，映照帘外一片清霜。愁思怎遣？追随骑鹤吹笙的王子乔学道修仙去吧，说不定能摆脱这日夜萦绕心头的世情牵累。咳，别妄想了！还是学湘灵鼓瑟、秦女吹箫，守着这一段痴情吧。

以上是全诗大意的串绎，从当前所见所闻所感的物象兴起，引出往日欢情的追忆和昨夜鸟啼的插念，再跳跃到故园花开的想象，又折回眼前风帘残烛的实景，最后更从神仙传说激起的天外遐想，落脚到自己的一片深情。时间和空间都跨越了，糅合了，各个意象间也不再有外在联系；贯串始终的只是一股意识的潜流，瞬息万变，扑朔迷离。这正是李商隐诗歌最叫人惊异的地方，也往往是最为隐晦费解的地方。

《银河吹笙》决非孤立的例子。诗人的一部分无题诗和某些仿效"长吉体"的歌行，都在不同程度上采用了这种构思方式，呈现出若干共同的特色，如：打破按时空顺序或事理逻辑组织材料的传统路子，遵循直觉心理的活动线索对时空作错综的反映；实境与虚境淆杂，意象间的缀合略去表面的过渡联系；由此而产生的诗句之间跳跃性大，甚至带有一定的晦涩风格。这样的诗歌不免有它的弊端，但对于表现心理变化的细微曲折又自有其长处。在万紫千红的诗歌百花苑里，是不应吝惜给予一席地位的。

（陈伯海）

# 春　雨

李商隐

怅卧新春白袷衣，　白门寥落意多违。

红楼隔雨相望冷，　珠箔飘灯独自归。

远路应悲春晼晚[①]，　残宵犹得梦依稀。

玉珰缄札何由达？　万里云罗一雁飞。

---

① 晼(wǎn)晚：双声叠韵联绵词，这里形容春将暮时景色暗淡的样子。

赏析

　　春雨绵绵之时，男主人公穿着白布夹衫，和衣怅卧。他的心中究竟隐藏着什么？诗用一句话作了概括的交代："白门寥落意多违。"据南朝民歌《杨叛儿》："暂出白门前，杨柳可藏乌。欢作沉水香，侬作博山炉。""白门"当指男女欢会之所。过去的欢会处，今日寂寥冷落，已不见对方踪影。与所爱者分离的失意，便是他愁思百结的原因。

　　怅卧中，他思绪浮动，回味着最后一次寻访对方的情景："红楼隔雨相望冷，珠箔飘灯烛自归。"隔雨相望，那座熟悉的红楼往日是那样亲切温存，如今是那样凄冷。不知过了多久，周围的街巷灯火已经亮了，雨从亮着灯光的窗口前飘过，恍如一道道珠帘闪烁，他独自走了回来，茫然若失。"远路应悲春晼晚，残宵犹得梦依稀。"他想，远方的那人也应为春之将暮而伤感吧？如今蓬山远隔，只有在残宵的短梦中依稀可以相见了。

强烈的思念，促使他修下书札，以玉珰一双为信物。但路途遥遥，障碍重重，如何传递呢？"玉珰缄札何由达？万里云罗一雁飞。"窗外的天空，阴云万里，纵有一雁传书，定能穿过这罗网般的云天么？

这首诗赋予爱情以优美动人的形象，借助飘洒迷蒙的春雨，融入主人公迷茫的心境、依稀的梦境，以自然景象烘托别离的寥落、思念的深挚，构成浑然一体的艺术境界。颔联上句色彩（"红"）和感觉（"冷"）互相对照。红色本来是温暖的，但隔雨怅望反觉其冷；下句珠箔本来是明丽的，却出之于灯影前对雨帘的幻觉，极细微地写出主人公寥落迷茫的心理状态。末联也富于象征色彩，创造性地借助自然景象，把"锦书难托"的预感形象化，并把抑郁怅惘的情绪与广阔的云天融合成一片。凡此，都成功地表现出了主人公的生活、处境和感情，情景、色调和气氛令人久久难忘。真挚动人的感情和优美生动的形象结合在一起，构成一种经久不衰的艺术魅力。

（余恕诚）

# 无 题 二 首

李商隐

凤尾香罗薄几重，碧文圆顶夜深缝。

扇裁月魄羞难掩，车走雷声语未通。

曾是寂寥金烬暗，断无消息石榴红。

斑骓只系垂杨岸，何处西南待好风？


重帏深下莫愁堂，卧后清宵细细长。

神女生涯原是梦，小姑居处本无郎。

风波不信菱枝弱，月露谁教桂叶香？

直道相思了无益，未妨惆怅是清狂。

李商隐的七律"无题"，艺术上最成熟，最能代表其无题诗的独特艺术风貌。这两首诗都是抒写青年女子爱情失意的幽怨、相思无望的苦闷，又都采取女主人公深夜追思往事的方式，因此，女主人公的心理独白就构成了诗的主体。

第一首起联写女主人公深夜缝制罗帐。"凤尾香罗"是织有凤纹的薄罗，"碧文圆顶"指有青碧花纹的圆顶罗帐。罗帐常用作男女好合的象征。在寂寥的长夜中默默地缝制罗帐的女主人公，大概正沉浸在对往事的追忆和对会合的深情期待中吧。

接下来是女主人公的回忆：意中人驱车匆匆走过，自己因为羞涩，用团扇遮面，未及通一语。从上下文看，这是"断无消息"前的最后一次照面。因为长期得不到对方音讯，那次相遇的回忆也就越加清晰而深刻，曲折地表达了她惋惜、怅惘而又深情回味的复杂心理。

颈联写别后的相思寂寥，和上联绪不同，概括地抒写较长时期中的生活和感情，情景交融，具有更浓郁的抒情气氛。黯淡的残灯，不只渲染了寂寥的气氛，它本身就是无望相思的外化与象征。石榴花红，春天已逝，带来青春虚度的怅惘与伤感。象征暗示的表现手法运用得这样自然精妙，不露痕迹，确是艺术上炉火纯青境界的标志。

末联上句暗用乐府《明下童曲》"陆郎乘斑骓……望门不欲归"句意，暗示意中人其实相隔并不遥远，也许正系马垂杨岸边，只是咫尺天涯，无缘会合罢了。末句化用三国魏曹植《七哀》"愿为西南风，长逝入君怀"诗意，希望好风将自己吹送到对方身边。李商隐优秀的爱情诗，多写相思的痛苦与会合的难期；即使是无望，也总是贯串着一种执着不移的追求，一种真挚而深厚的感情。希望在寂寞中燃烧，正是这些诗和缺乏深挚感情的艳体诗之间的重要区别，也是它们至今仍然能打动人们的重要原因。

第二首侧重抒写身世之感，撇开具体情事，从环境氛围写起：层帷深垂，独处幽室的女主人公辗转不眠，倍感静夜漫长。

颔联上句用巫山神女典故，下句用乐府《清溪小姑曲》"小姑所居，独处无郎"句。"原"字暗示她在爱情上有过短暂的遇合，但终成一场幻梦。迄今仍独居无郎，"本"字似含有某种自我辩解的意味。

颈联用了两个比喻，"不信"，是明知菱枝为弱质而偏加摧折，见"风波"之横暴；"谁教"，是本可滋润桂叶而竟不如此，见"月露"之无情。措辞婉转，而意极沉痛。

"直道相思了无益，未妨惆怅是清狂。"即便相思全然无益，也不妨抱痴情而惆怅终身。在近乎幻灭的情况下仍坚持不渝地追求，可知"相思"的铭心刻骨。

中唐以后，爱情诗逐渐增多，一般叙事成分较多，情节性较强。李商隐的爱情诗却以抒情为主体，着力抒写主观感觉、心理活动，表现人物丰富复杂的内心世界。为了克服短小的体制与丰富的内容之间的矛盾,他大大加强了诗句之间的跳跃性,并用比喻、象征、联想等多种手法加强诗的暗示性。故其爱情诗意脉不很明显,比较难读,但也往往具有蕴藉含蓄、意境深远、写情细腻的特点和优点,经得起反复咀嚼与玩索。

　　无题诗究竟有没有寄托,是一个复杂的问题。索隐猜谜式的解释,是完全违反艺术创作规律的。就这两首诗看,"重帏"首笔意空灵概括,"神女"一联中可体味出诗人深慨辗转相依、终归空无的无限怅惘。"风波"一联从比兴寄托角度理解,反而易于意会。作者地位寒微,仕途上未遇有力援助,反遭朋党势力摧抑,故借菱枝、桂叶致慨。清代何焯说这首"直露"(自伤不遇)本意。"凤尾"首的寄托痕迹就很不明显,因为对某些具体情事描绘得相当细致,相对写实。但不论有无寄托,它们首先是成功的爱情诗,完全作为爱情诗来读也并不减低其艺术价值。

(刘学锴)

# 正 月 崇 让 宅

### 李商隐

密锁重关掩绿苔,廊深阁迥此徘徊。

先知风起月含晕,尚自露寒花未开。

蝙拂帘旌终展转,鼠翻窗网小惊猜。

背灯独共余香语,不觉犹歌《起夜来》。

　　这是诗人悼念亡妻之作。崇让宅是诗人的岳父、泾原节度使王茂元在洛阳崇让坊的宅邸,诗人和妻子曾在此居住。诗人的妻子卒于大中五年(851)。此诗作于大中十一年正月在洛阳时。

　　宅门牢牢上锁,重重关闭,地上长满青苔,说明久无人居,成了废宅;寂无一人,回廊楼阁显得特别深迥,诗人在这里独自徘徊。夜月生晕,月晕多风,露寒风冷,春花也不绽开。首联扣住题中崇让宅,写其荒凉冷落,伤心惨目;颔联扣住题中"正月",写"风露花月,不堪愁对"(清代屈复《李义山诗笺注》)。这四句用环境的凄凉,衬托出诗人心境的凄凉。清代何焯说:"三、四覆装,月晕多风比妻身亡,下句则曾未得富贵开眉也。"(《李义山诗集辑评》)这两句兼用眼前之景,隐喻过去的情事。上句说妻子死前,诗人已看出不祥的预兆;下句谓王氏婚后,诗人一直穷愁潦倒,从未使妻子眉目舒展过一日,于内疚中含着深厚的伤悼之情。

　　前四句写室外,以下进入室内。

　　"帘旌"为帘端之帛,形状似旌(旗),故称,这里即指帘子。"窗网"是张挂在窗外檐下以防鸟雀入室的丝网。"小"字形容心中微微一怔,措辞极有分寸。这两句以动写静。如果风雨喧嚣,是不会觉察出"蝙拂帘旌""鼠翻窗网"这样微细的声响的。夜愈静,愈使人感到寂寞孤独,愈加深加重对亡妻的忆念,因而才"展转""惊猜",终夜不能成眠。

　　最后两句,写得更加沉痛。因为"惊猜"妻子来了,立刻翻身起来。此时诗人神智已经恍惚,仿佛听见她唱起《起夜来》的哀歌。"背灯",状诗人向室内四处寻找;"余香"是亡妻所遗,闻着余香,仿佛妻子犹在，故与之语。《起夜来》是乐府曲调名，"其辞意犹念畴昔思君之来也"（《乐府解题》）。不说自己忆念妻子，却说亡妻思念自己，更见忆念之深沉、思情之惨苦，读之令人酸鼻。

此诗由景见情，从白天到夜晚，由门外到宅内，再到室中，通过种种环境的层层描写，衬托诗人悼念妻子的悲痛心情和复杂的内心活动，不叙一事，不发一句议论，情真而深，非常感人。近人张采田曾称它"情深一往，读之增伉俪之重，潘黄门（指潘岳，曾官黄门郎，所作《悼亡诗三首》颇有名）后绝唱也"（《玉谿生年谱会笺》）。

（王思宇）

▶ **李群玉**(？—约 862) 字文山,澧州(治今湖南澧县)人。善吹笙,工书法。举进士不第,后以布衣游长安,进诗于宣宗,授弘文馆校书郎,不久去职。其诗文辞道丽,善写羁旅之情。有《李群玉诗集》三卷、《后集》五卷。

# 黄 陵 庙

### 李群玉

黄陵庙前莎草①春,黄陵女儿蒨②裙新。
轻舟短棹唱歌去, 水远山长愁杀人。

---

① 莎(suō)草:为常见野草,地下块根称香附子,供药用。
② 蒨(qiàn):一种红色的植物染料,也指其染成的红色。

**赏析**

　　黄陵庙是舜的二妃娥皇、女英的祀庙,又叫湘妃祠,在洞庭湖畔。这首诗虽然以"黄陵庙"为题,所写内容却与二妃故事并不相干。诗中描画的是一位船家姑娘,流露了诗人对她的爱悦之情。

　　"黄陵庙前莎草春",黄陵庙前,春光明媚,绿草如茵——这是黄陵女儿即将出现的具体环境。

　　"黄陵女儿蒨裙新",一位穿着红裙的年轻女子翩然来到,碧绿的莎草上映出了艳丽的红裙。"蒨裙",本已够艳的了,何况又是"新"的,不难想见这位女子妩媚动人的身形体态。

　　"轻舟短棹唱歌去",写女子驾船而去,船后还飘散着她的一串歌声。"水远山长愁杀人",形象地写出诗人目送黄陵女儿划着短桨消失在远水长山那边的情景,还像一面镜子,从对面照出了怅然独立、若有所失的诗人形象。

《黄陵庙》在艺术上的成功,主要在于采用了写意的白描手法。诗人完全摆脱了形似的摹拟刻画,十分忠实于自己的感受。绿草映出的红裙留给诗人的印象最深,他对黄陵女儿的描画就只是抹上一笔鲜红的颜色,而丝毫不写头脚脸面。登舟、举桨与唱歌远去最牵动诗人的情思,他就把"轻舟"、"短棹"、歌声及望中的远水长山一一摄入画面。笔墨所及,无非是眼前景、心中事,不借助典故,也不追求花俏,文字不矫饰,朴实传神,颇有"豪华落尽见真淳"(金代元好问《论诗三十首》)之美。

(陈志明)

# 赠　　人

### 李群玉

曾留宋玉旧衣裳,惹得巫山梦里香。

云雨无情难管领,任他别嫁楚襄王。

## 赏析

这首《赠人》诗,所赠之人虽不可考,但从内容可知,是一位失恋的多情男子。全诗借用战国楚宋玉《高唐赋》与《神女赋》的典故写出。

《高唐赋》中楚王游高唐，梦遇巫山神女。她"且为朝云，暮为行雨"。后人便用"云雨"来指代男女间的私情。《神女赋》中，宋玉陪侍楚襄王到云梦泽游览，又在梦中会过神女。《赠人》开头两句将失恋男子比成宋玉，将他所爱女子比成神女。首句以"衣裳"喻文采，暗示受赠者的文采风流一似宋玉。次句接着说，神女因文采风流而生向往之情，入梦自荐。"惹得"二字很有意味，也很有分寸感，又照顾到了对方的体面。后两句议论，出语真诚，在旷达的劝说中见出对朋友的深情。美人的心是变化难测的，巫山神女对爱情也不专一。"云雨无情难管领"的说法尽管偏颇，但对于失恋中的朋友却有很强的针对性，不失为一剂清热疏滞的良药。

诗的成功很大程度上得力于典故的运用。向失恋的朋友进言，最易直露，也最忌直露。诗人借用典故写出，将对失恋友人的劝慰之情说得十分含蓄，委婉得体，给诗情平添了许多韵味。

（陈志明）

▶ **钱珝** 字瑞文。钱起曾孙。广明进士。乾宁初官至中书舍人。后贬抚州司马。工诗，尤擅绝句。《全唐诗》存其诗一卷。

走进唐诗 *爱情*

# 未 展 芭 蕉

### 钱　珝

冷烛无烟绿蜡干，芳心犹卷怯春寒。

一缄书札藏何事，会被东风暗拆看。

赏析

　　丰富而优美的联想，往往是诗歌创作获得成功的重要因素，特别是咏物诗，诗意的联想更显得重要。

　　首句从未展芭蕉的形状、色泽设喻。由其形状联想到蜡烛，这并不新颖；"无烟""干"也是很平常的形容。值得一提的是"冷烛"、"绿蜡"之喻：点燃的蜡烛通常给人的感觉是红亮、温暖，说未燃的蜡烛"绿""冷"，不仅造语新颖，而且表达出诗人的独特感受。"绿蜡"给人以翠脂凝绿的美丽联想。《红楼梦》第十八回贾宝玉题怡红院诗写蕉叶，原用"绿玉春犹卷"，薛宝钗建议改"玉"为"蜡"，出处即是此诗。"冷烛"一语，使人感到蕉烛上似乎笼罩着一层早春的寒意。

　　"芳心犹卷怯春寒"，是巧妙的暗喻：把未展芭蕉比成芳心未展的少女。从表面看，和首句"冷烛""绿蜡"似乎脱榫，其实无论从形象上、意念上，两句都是一脉相通的。蜡烛本来就可用以形容多情的少女,蕉心——烛心——芳心的联想原很自然,"绿蜡"一语所显示的亭亭玉立的形象,也容易使人联想到美女。"犹"字不只明写目前的"芳心未展",而且暗寓将来的充分舒展,与末句遥相呼应。"怯"字生动地描绘出未展芭蕉在早春寒意包围中卷缩不舒的形状和柔弱轻盈的身姿,诗人的细意体贴、深切同情也自然流注于笔端。

三、四两句却又另外设喻。古代的书札卷成圆筒形,与未展芭蕉相似。从少女过渡到书札,似乎不相连属,读时却感到浑然一片。这奥妙就在"藏"字上。书札的内容——写信者的一片"芳心"深藏在内,和上句的"芳心犹卷"完全相通,不过上句侧重表现客观环境的束缚,这一句则侧重表现主观上的隐藏不露,并非简单重复,而通过"藏何事"的设问和"会被东风暗拆看"的遥想,展示了新的意境,抒发了更美好的情思。在诗人想象中,随着寒气的消逝,芳春的到来,和煦的东风总会暗暗拆开"书札",使美好的情愫呈露在无边的春色之中。"会"字下得毫不着力,让人感到芭蕉被东风吹开是顺乎自然规律的,"暗"字则极精细地显示出这一变化过程是在不知不觉中进行的,深化了诗的意境。

诗意的想象与联想,源于对生活的细心体察和深切体验。正因钱珝对生活中受到环境束缚,心灵上受到禁锢的少女颇有了解与同情,才会产生这一系列诗意的联想,也才会从未展芭蕉身上发现含情不展的少女的感情与气质。

(刘学锴)

▶ **薛媛** 濠梁（今安徽凤阳）人，南楚材之妻。咸通前在世。善书画，工诗文。《全唐诗》存其诗一首。

走进唐诗 *爱情*

# 写 真 寄 外

薛 媛

欲下丹青笔，先拈宝镜寒。

已惊颜索寞，渐觉鬓凋残。

泪眼描将易，愁肠写出难。

恐君浑忘却，时展画图看。

　　薛媛的丈夫南楚材离家远游。颍（今河南许昌）地长官爱楚材风采，欲以女妻之。楚材欲允婚，命仆人回家取琴书等物。"善书画，妙属文"（唐代范摅《云溪友议》）的薛媛觉察丈夫意向，自画肖像，并写了这首诗以寄意。楚材内心疚愧，终与妻团聚。

　　这诗表达了诗人对久别的丈夫的真挚感情，隐约透露了她忧虑丈夫"别依丝萝"的苦衷，刻画心理活动既细致入微，又具体形象。

　　诗一开头，就通过动作展示心理活动。她提起画笔，正想作画，却犹疑了。怎么画？还是"先拈宝镜"，照照容颜吧。可是一"拈宝镜"，却带来一股"寒"意。是冰凉的镜体"寒"呢，还是诗人的心境寒凉呢？一"寒"字，既状物情，又发人意。

颔联进一步写诗人对镜自怜。"已惊"表明平素已有所感触，而今日照镜，更惊觉青春易逝。"颜索寞"，明显易见；"鬓凋残"，细微难察。用"渐觉"一语，十分确当。

　　"泪眼描将易，愁肠写出难。""泪眼"代指诗人的肖像，"愁肠"指心灵的痛苦。一"易"一"难"，互为映衬，欲抑先扬，在矛盾对比中刻画怀念丈夫的深情。《牡丹亭》第十四出杜丽娘自画肖像时说的"三分春色描将易，一段伤心写出难"，当是脱胎于此。

　　尾联点出写真寄外的目的。"恐"，是诗人估量丈夫时的心理状态。"浑"，全也。一"恐"一"浑"，准确地描绘出自己微妙的感情活动。诗人察觉丈夫已有"别依丝萝"、把糟糠之情全"忘却"的意向，但在诗中却用了估量、猜测的口吻，不致伤害丈夫的自尊心，留下回心转意的余地。一"恐"字，把诗人既疑虑又体谅丈夫的感情，委婉曲折地吐露出来，可谓用心良苦。末句直陈胸臆，正面规劝丈夫"时展画图看"，遥应首句，语短情长。

　　此诗对人物的神态动作描写和心理活动的刻画是很出色的。它也从侧面透露出封建时代妇女的不幸和痛苦。

（邓光礼）

▶▶ **韩偓**（约842—923？） 字致尧（一作致光），小字冬郎，自号玉山樵人，京兆万年（今陕西西安）人。龙纪进士。天复初官翰林学士、中书舍人。随昭宗奔凤翔，迁兵部侍郎、翰林承旨。后以不附朱温被贬斥，南依闽王王审知而卒。其早年诗多写艳情，辞藻华丽，有香奁体之称。后期诗风转变，多写唐末变乱及个人遭际，感时伤乱，慷慨悲凉。有《韩内翰别集》。

# 已　凉

### 韩　偓

碧阑干外绣帘垂，猩色屏风画折枝。

八尺龙须方锦褥，已凉天气未寒时。

## 赏析

　　韩偓《香奁集》里有许多反映男女情爱的诗歌，这是最为脍炙人口的一篇。其好处全在于艺术构思精巧，笔意含蓄。

　　眼前是一间华丽精致的卧室。镜头由室外逐渐移向室内，透过门前的阑干、当门的帘幕、门内的屏风等一道道阻障，聚影在铺着龙须草席和织锦被褥的八尺大床上。房间结构这种"深而曲"的层次，说明这是一位贵家少妇的金闺绣户。

　　布局以外，吸引我们视线的，还有那斑驳陆离、秾艳夺目的色彩。翠绿的栏槛，猩红的画屏，门帘上的彩绣，被面的锦缎光泽，合组成一派旖旎温馨的气象，不仅华贵，还为主人公的闺情绮思创造了合适的氛围。

主人公始终没有露面，她在做什么、想什么也不得而知。但朱漆屏面上雕绘着的折枝图，却不由得使人联想到"花开堪折直须折，莫待无花空折枝"（无名氏《金缕衣》）。主人公难道不会有感于逝水流年，而将大好青春同画中花联系起来？更何况又到一年中季节转换的时候。门前帘幕低垂，簟席上添加被褥，表明暑热已退，秋凉方降。这样的时刻最容易勾起人们对光阴消逝的感触，在主人公的心灵上又将激起怎样的波澜呢？诗篇结尾用重笔点出"已凉天气未寒时"的时令变化，当然不会出于无意。配上床席、锦褥的暗示以及折枝图的烘托，主人公在深闺寂寞之中渴望爱情生活的情怀，也就隐约可见了。

通篇没有一个字涉及"情"，甚至没有一个字触及"人"，纯然借助环境景物来点染情思，供读者玩索。像这样命意曲折、用笔委婉的情诗，在唐人诗中还是不多见的。小诗《已凉》之所以传诵至今，原因或许就在于此。

（陈伯海）

# 寒　食　夜

韩　偓

恻恻轻寒翦翦风，小梅飘雪杏花红[1]。
夜深斜搭秋千索，楼阁朦胧烟雨中。

---

[1] 这句诗一作"杏花飘雪小桃红"，但参证《偶见》中"手搓梅子"句及另一首《寒食夜有寄》诗中"隔帘微雨杏花香"句，似宜定为"小梅飘雪杏花红"。

这首诗描画的是一个春色浓艳而又意象凄迷的细雨尖风之夜。乍看,通篇只写景物,而景中见意,篇内有人。细加玩绎,字里行间不仅浮现着留连怅惘之情,还似隐藏着温馨缠绵之事。特别值得拈出的是第三句——"夜深斜搭秋千索"。这是点破诗题、透露全诗消息的关键句。清代施补华《岘佣说诗》说:"七绝用意,宜在第三句。"这首诗正是如此。

第三句的"夜深"明点"夜","秋千"则暗点"寒食"。五代王仁裕《开元天宝遗事》记述,天宝年间,"宫中至寒食节,竞竖秋千,令宫嫔辈戏笑以为宴乐"。

当然,诗人之写秋千,绝不仅仅为了点题,主要因为在周围景物中对他最有吸引力、最能寓托他的情意的正是秋千。南宋吴文英《风入松》词有"黄蜂频扑秋千索,有当时纤手香凝"句。诗人在深夜烟雨中还把视线投向秋千索,当也正因为它曾为"纤手"所握。

韩偓《香奁集》共收一百首诗,写到寒食、秋千的竟多达十首。如《偶见》:"秋千打困解罗裙,指点醒醐索一尊。见客入来和笑走,手搓梅子映中门。"又如《想得》:"两重门里玉堂前,寒食花枝月午天。想得那人垂手立,娇羞不肯上秋千。"这几首诗依稀可见诗人与一位佳人在寒食节、秋千边结下的一段恋情。再看《寒食夜》的第三句,可以断定它确是见景思人、托物记事,尽管写得尽曲折含蓄之能事,而个中消息仍然是可以参破的。

从整首诗看,第三句又与上下各句互相依托、融合为一,组成一个整体。前两句为第三句布景设色。首句"恻恻轻寒翦翦风",先使诗篇笼罩一层凄迷的气氛;次句"小梅飘雪杏花红",更涂抹一层秾艳的

走进唐诗 爱情

色彩。有了这两层烘染，才能托出第三句中"那人"不见的空虚之感和"纤手香凝"的绮丽之思。结句"楼阁朦胧烟雨中"，更直接从第三句生发，把诗人的密意温情推向夜雨朦胧的楼阁之中，暗暗指出其人的居处所在以及诗人的心目所注，加深意境，宕出远神，使人读后感到情意隐约，余味无穷。

（陈邦炎）

# 效崔国辅体四首

## 韩 偓

淡月照中庭，海棠花自落。
独立俯闲阶，风动秋千索。

酒力滋睡眸，卤莽闻街鼓。
欲明天更寒，东风打窗雨。

雨后碧苔院，霜来红叶楼。
闲阶上斜日，鹦鹉伴人愁。

罗幕生春寒，绣窗愁未眠。
南湖一夜雨，应湿采莲船。

走进唐诗
爱情

崔国辅，盛唐诗人，擅长写五言绝句，《全唐诗》存其诗一卷，半数以上是五绝。清代管世铭《读雪山房唐诗序例》云："专工五言小诗自崔国辅始，篇篇有乐府遗意。"其五绝是从乐府诗《子夜歌》《读曲歌》等一脉承传而来，多写儿女情思，风格自然清新而又宛转多姿，柔曼可歌，形成了独特的诗体。

韩偓的这一组仿作，以唐诗中习见的闺怨为主题，写来特别富于诗情画意。

第一首写春夜。淡淡的月色映照庭中，海棠花落，春天又该过去了。女主人公独自伫立，俯视屋前的台阶，阶石上一片空荡荡，不见人迹，只有风儿摆弄着院子里的秋千索。末句以动衬静，更增全篇的清冷气氛，烘托了闺中人的幽怨心理。

第二首的场景转入黎明前的室内。女主人公喝了一点酒，酒力滋生了睡意，可睡不多久又被依稀传来的街鼓声惊醒了。身上感受到黎明前的寒意，耳中倾听着东风吹雨敲打窗户的声音。和前一首注重画面物象的组合不同，本篇更多着力于主观感受的渲染，从中传达出人物索寞凄苦的情怀。

第三首写秋日午后。雨后碧苔、经霜红叶于明晰鲜丽中透出荒寂的气息，无损于诗篇婉曲凄清的情味。鹦鹉学人言语，仿佛在替人分担忧思。"闲阶上斜日"一个细节，把闺中人长久期待中渺茫空虚的心理，反映得尤为深刻入神。

最后一首又转回春夜。暮春的寒气透过帘幕，主人公独倚绣窗，不能成眠。下了一夜的雨，南湖的采莲船该被打湿了吧。南朝乐府民歌喜用谐音双关语喻指爱情。"采莲"的形象在其中经常出现。"莲"

谐音"怜",爱的意思;"藕"谐音"偶",成双配对的意思。女主人公想象采莲船的遭遇,也就是影射自己的爱情经历。诗人借用乐府诗的传统手法,把复杂的思想感情熔铸在雨湿采莲船这一单纯的形象中,读来别有一种简古深永的韵趣。

　　四首小诗合成一组,时间由夜晚至天明再到晚上,节令由春经秋又返回暮春,结构形式上若断若续,正好概括反映了主人公一年四季的朝朝暮暮。不同的情景贯串着共同的情思,如统一主旋律下的各种乐曲变奏。通篇语言朴素明丽,风姿天然,不像《香奁集》里其他一些作品的注重工巧藻绘,显示了仿效崔国辅体和乐府民歌的痕迹,但缺少明朗活泼的格调,偏重于发展崔国辅诗中婉曲含蓄的一面,则又打上晚唐时代以及韩偓个人风格的烙印。

(陈伯海)

▶▶ **葛鸦儿** 女。身世不详。《全唐诗》存其诗三首。

# 怀 良 人

葛鸦儿

蓬鬓荆钗世所稀，布裙犹是嫁时衣。

胡麻好种无人种，正是归时底不归？

**赏析**

这首诗是一位劳动妇女的怨歌。韦縠《才调集》、韦庄《又玄集》都说作者是女子葛鸦儿。孟启《本事诗》却说是朱滔军中一河北士子奉滔命作"寄内诗"，然后代妻作答，即此诗。其说颇类小说家言，大约出于虚构。然而，可见此诗在唐时流传甚广。诗大约成于中晚唐之际。

前两句让读者看到一位贫妇的画像：她鬓云散乱，头上别着自制的荆条发钗，身上穿着当年出嫁时所穿的布裙，贫困寒俭之极（"世所稀"）。《太平御览》引《列女传》曰："梁鸿妻孟光，布裙荆钗。"这里用"荆钗""布裙"及"嫁时衣"等字面，似暗示这一对贫贱夫妇一度是何等恩爱，然而社会的动乱把他们无情拆散了，又表现出她对丈夫的思念。古代征戍服役有所谓"及瓜而代"，即有服役期限，到了期限就要轮番回家。从"正是归时"四字透露，其丈夫大概是"吞声行负戈"的征人吧！

第三句紧承前二句来,可以理解为赋(直赋其事):动乱对农业造成破坏,男劳动力被迫离开土地,田园荒芜。如联系末句,此句也可理解为兴:盖农时最不可误,错过则追悔莫及;青春时光亦如之,以"胡麻好种无人种"兴起"正是归时底不归",实暗含"感此伤妾心,坐愁红颜老"意,与题面"怀良人"正合。

若按明人顾元庆的会心,则此句意味更深长:"南方谚语有'长老(即僧侣)种芝麻,未见得'。余不解其意,偶阅唐诗,始悟斯言其来远矣。胡麻即今芝麻也,种时必夫妇两手同种,其麻倍收。"(《夷白斋诗话》)诗人运用流行的民间传说写"怀良人"之情,十分切贴而巧妙。"怀良人"理由正多,只托为芝麻不好种,便收到言在此而意在彼、言有尽而意无穷的效果。所以,此诗末二句兼有赋兴和传说的运用,含义丰富,诗味咀之愈出,很好表达了女子"怀良人"的真纯情意。用"胡麻"入诗,这来自劳动生活的新鲜活跳的形象和语言,也使全诗生色,显得别致。

绝句"宛转变化,工夫全在第三句,若此转变得好,则第四句如顺流之舟矣"(元代杨载《诗法家数》)。此诗末句由三句引出,正是水到渠成。"正是归时底不归?"语含怨望,然而良人之不归乃出于被迫,可怨天而不可尤人。以"怀"为主,也是此诗与许多怨妇诗所不同的地方。

(周啸天)

➤ **金昌绪** 余杭(今浙江杭州市余杭区)人。大中以前在世。《全唐诗》存其诗一首。

走
进
唐
诗
*爱
情*

# 春 怨

金昌绪

打起黄莺儿,莫教枝上啼。

啼时惊妾梦,不得到辽西。

赏析

　　这首诗,语言生动活泼,具有民歌色彩,而且在章法上还有与众不同的特点:通篇词意联属,句句相承,环环相扣,四句诗形成了一个不可分割的整体。这一特点,人所共称。明代谢榛在《四溟诗话》中曾把诗的写法分为两种:一种是"一句一意","摘一句亦成诗",如杜甫诗"日出篱东水,云生舍北泥。竹高鸣翡翠,沙僻舞鹍鸡"(《绝句六首》之一);另一种是"一篇一意","摘一句不成诗",这首《春怨》就是典型的例子。清代沈德潜在《唐诗别裁集》中也说:"一气蝉联而下者,以此为法。"

　　但还应看到的另一特点是:它虽然通篇只说一事,四句只有一意,却不是一语道破,一目了然,而是层次重叠,极尽曲折之妙,好似抽蕉剥笋,剥去一层,还有一层。四句诗每一句都令人产生一个疑问,下一句解答了这个疑问,又令人产生一个新的疑问。这在诗词艺术手法上是所谓"扫处还生"。

首句似平地奇峰，突然而起。黄莺是讨人欢喜的鸟。女主角为什么要"打起黄莺儿"呢？人们看了这句诗不能不产生疑问，急于从下句寻求答案。第二句果然对第一句作了解释，原来"打起黄莺儿"的目的是"莫教枝上啼"。鸟语与花香本都是春天的美好事物，而在鸟语中，莺啼又是特别清脆动听的。人们不禁还要追问：又为什么不让莺啼呢？第三句说明了"莫教啼"的原因是怕"啼时惊妾梦"。黄莺啼晓，本该是梦醒的时候了。女主角为什么这样怕惊醒她的梦呢？做的是什么梦？最后一句诗的答复是：诗中人怕惊破的是去辽西的梦，是惟恐梦中"不得到辽西"。

到此，读者才知道，这首诗原来采用的是层层倒叙的手法。本是为怕惊梦而不教莺啼，为不教莺啼而要把莺打起，诗人却倒过来写，最后才揭开了谜底。但这最后的答案仍然含意未伸。还留下了一连串问号，如：为什么做到辽西的梦？她有什么亲人在辽西？此人为什么离乡背井，远去辽西？诗题是《春怨》，到底怨的是什么？难道怨的只是莺啼惊破了她的晓梦吗？不必一一说破，又可以不言而喻，不妨留待读者去想象、去思索。

这是一首抒写儿女之情的小诗，却有深刻的时代内容：通过怀念征人，反映了当时兵役制下广大人民所承受的痛苦。

（陈邦炎）

▶ **鱼玄机**（约844—868） 字幼微，一字蕙兰，长安（今陕西西安）人。初为李亿妾，咸通中，出家于长安咸宜观为女道士，与温庭筠等以诗篇相赠答。因杀侍婢被处死。其诗多写男女情思。宋人辑有《唐女郎鱼玄机诗》一卷，有影宋书棚本。

走进唐诗 *爱情*

# 江陵愁望有寄

## 鱼玄机

枫叶千枝复万枝，江桥掩映暮帆迟。

忆君心似西江水，日夜东流无歇时。

**赏析**

　　建安诗人徐幹有《室思》诗五章，第三章末四句是："自君之出矣，明镜暗不治。思君如流水，无有穷已时。"后世爱其情韵之美，多仿此作五言绝句，成为"自君之出矣"一体。女诗人鱼玄机的这首写给情人的诗（题一作《江陵愁望寄子安》），无论从内容、用韵到后联的写法，都与《室思》的四句十分接近。但体裁属七绝，可看作"自君之出矣"的一个变体。惟其有变化，故创获也在其中了。

　　近人朱自清说："风飘摇而有远情，调悠扬而有远韵，总之是余味深长。这也配合着七绝的曼长的声调而言，五绝字少节促，便无所谓风调。"（《〈唐诗三百首〉指导大概》）读这首诗，觉着它多一点什么的，正是这里所说的"风调"。本来这首诗也很容易缩成一首五绝："枫叶千万枝，江桥暮帆迟。忆君似江水，日夜无歇时。"意思不变，但我们却感到少一点什么的，也是这里所说的"风调"。

试逐句玩味鱼诗,看每句多出两字是否多余。

首句以江陵秋景兴起愁情。《楚辞·招魂》:"湛湛江水兮上有枫,极目千里兮伤春心。"枫生江上,西风萧萧,很容易触动人的愁怀。"千枝复万枝",不但用"千""万"写枫叶之多,而且通过"枝"字的重复,从声音上状出枝叶之繁。而"枫叶千万枝"字减而音促,没有上述那层好处。

"江桥掩映暮帆迟",极目远眺,但见江桥掩映于枫林之中;日已垂暮,而不见那人乘船归来。"掩映"二字写枫叶遮住望眼,传达出诗中人焦灼之情。词属双声,念来上口,形成句中排比,声调便曼长而较"江桥暮帆迟"为好听。

前两句写盼人不至,后两句便接写相思之情。用江水之永不停止,比相思之永无休歇,与《室思》之喻,机杼正同。乍看来,"西江""东流"颇似闲字,但减去便觉读起来不够味了。分用在两句之中非为骈偶而设的成对的反义字("东""西"),有彼此呼应、造成抑扬抗坠的情调或擒纵之致的功用,使诗句读来有一唱三叹之音,亦即所谓"风调"。若删芟这样字面,虽意思大致不差,却必损韵调之美。

此诗运用句中重复、句中排比、尾联中反义字相起等手段,造成悠扬飘摇的风调,大有助于抒情。每句多二字,却充分发挥了它们的作用。比较五绝"自君之出矣"一体,艺术上正自有不可及之处。

(周啸天)

▶ **王驾** 字大用,自号守素先生,河中(今山西永济)人。大顺进士。官至礼部员外郎。有诗名,与郑谷、司空图为诗友。原有集,已佚。《全唐诗》存其诗六首。

走进唐诗 *爱情*

# 古　意

### 王　驾

夫戍边关妾在吴,西风吹妾妾忧夫。

一行书信千行泪,寒到君边衣到无?

**赏析**

　　这首诗写的情事为寄衣,抒情主人公为一少妇,属代言体。它的显著的特色表现在句法上:全诗四句,每句都包含两层相对或相关的意思,在大致相同的前提下,又有变化。

　　前两句写寄衣的缘起。"夫戍边关——妾在吴",由相对的两层意思构成,即所谓"当句对"。这一对比,就突出了天涯暌隔之感。这个开头是单刀直入式的,点明了题意,引起下面三句。"西风吹妾——妾忧夫",秋风吹到少妇身上,不写她自己的寒冷感觉,而是直接写心理活动"妾忧夫"。前后两层意思中有一个小小的跳跃或转折,恰如其分表现出少妇对丈夫体贴入微的心情。

　　后两句写寄衣后的悬念。"一行书信——千行泪",通过强烈对比,极言纸短情长。"千行泪"包含的感情内容既有深挚的恩爱,又有强烈的哀怨,情绪复杂。此句写出了"寄"什么,不提寒衣是避免与下句重复;同时写出了寄衣时的内心活动。"寒到君边——衣到无?"用虚拟、揣想的问话语气,与前三句又不同,在少妇心目中,仿佛严冬正在和寒衣赛跑,十分生动地表现出她心中的焦虑。

这样,诗中每一句都由两层意思构成,诗的层次就大大丰富了。而同一种句式反复运用,在运用中又略有变化,并不呆板,构成了回环往复、一唱三叹的语调。语调对于诗歌,比其他体裁的文学作品具有更大意义。所谓"情动于中而形于言,言之不足故嗟叹之,嗟叹之不足故永歌之"(《毛诗序》),"嗟叹""永歌"都是指用声调增加诗歌的感染力。

构成此诗音韵美的另一特点是句中运用复字。近体诗一般要避免字词的重复,但有意识地运用复字,有时能使诗句念起来上口、动听。如此诗第二句两个"妾"字接连出现,前一个是第一层意思的结尾,后一个则是第二层意思的开端,在全句中是重复,对相关的两层意思又形成"顶针"修辞格,念起来有"累累如贯珠"之感,使那具有跳跃性的前后两层意思通过和谐的音调过渡得十分自然。而三、四两句第二、第六字重出,不但是构成"句中对"的因素,而且又是整个一联诗句自然成对的构成因素,增加了诗的韵律感,有利于表达哀怨、缠绵的深情。

此外,内心独白的表现手法,生动地展现了女主人公的内心世界。诗通过人物心理活动的直接描写来表现主题,是成功的。

(周啸天)

▶▶ **张泌** 泌一作泌。唐末至前蜀间在世。能诗,亦能词。诗多为七言近体,风格婉丽。《全唐诗》存其诗一卷。

走进唐诗 *爱情*

# 寄　人①

张　泌

别梦依依到谢家,小廊回合曲阑斜。

多情只有春庭月,犹为离人照落花。

---

① 清人李良年《词坛纪事》云:"张泌仕南唐为内史舍人。初与邻女浣衣相善,作《江神子》词……后经年不复相见,张夜梦之,写绝句云云。"即是此诗。

以诗代柬,是古代常有的事。这首题为《寄人》的诗,就是用来代替一封信的。

从这诗深情宛转的内容看来,诗人曾与一女子相爱,后来却分手了。然而诗人对她始终没有忘怀,在封建宗法社会的"礼教"阻隔下,既不能直截痛快地倾吐衷肠,只好借用诗的形式,曲折而又隐约地加以表达,希望她到底能够了解自己。这是题为《寄人》的原因。

诗是从叙述一个梦境开始的。"谢家",代指女子的家,盖以东晋才女谢道韫借称其人。大概她家里的曲径回廊,本来都是当年旧游或定情的地方。诗人入梦后,觉得自己飘飘悠悠地进了她家里。这里的环境是这样熟悉,眼前廊阑依旧,独不见所思之人。他的梦魂绕遍回廊,倚尽阑干,失望地徘徊着,追忆着。崔护《题都城南庄》诗:"人面不知何处去,桃花依旧笑春风。"一种物是人非的依恋心情,写得同样动人。然而,"别梦"两句却以梦境出之,则前此旧游,往日欢情,别后相思,都在不言之中;而在梦里也难寻觅所爱之人,那惆怅的情怀就加倍使人难堪了。

人是再也找不到了,那么,还剩下些什么呢?一轮皎月,正把幽冷的清光洒在园子里,地上的片片落花,反射出惨淡的颜色。曾经映照过枝上芳菲的明月,依然如此多情地临照着,似乎还没有忘记一对爱侣在这里结下的一段恋情呢!

这首诗是"寄人"的。前两句写入梦之由与梦中所见之景,是向对方表明自己思忆之深;后两句就是对这位女子的鱼沉雁杳有点埋怨了。"花"已落,然而,春庭的明月还是多情的,诗人言外之意,还是希望彼此一通音问的。

这首诗创造的艺术形象,鲜明准确,而又含蓄深厚。诗人善于通过富有典型意义的景物描写,表达自己深沉曲折的思想感情,运用得十分成功。他只写小廊曲阑、庭前花月,不需要更多语言,却比直接诉说心头的千言万语更有动人心弦的力量。

(刘逸生)

# 题 玉 泉 溪

湘驿女子

红树醉秋色，碧溪弹夜弦。

佳期不可再，风雨杳如年。

赏析

　　这首诗最早录载于《树萱录》："番禺郑仆射尝游湘中，宿于驿楼，夜遇女子诵诗云……顷刻不见。"所诵即此诗。郑仆射，名愚，番禺（今广东广州）人，开成二年（837年）进士，官至尚书右仆射。南宋胡仔《苕溪渔隐丛话》、魏庆之《诗人玉屑》都转录了《树萱录》的记载。前者把它列入"鬼诗"类，后者则列为"灵异"类。《全唐诗》收录此诗时，题其作者为"湘驿女子"。

　　湘驿女子的姓名、身世已不传，只能从这首诗中窥见其生活的片段和诗才之一斑。

　　全诗四句，二十字，写失去了幸福的爱情生活的女子心灵上的痛苦，内容丰富，感情强烈，模声绘色，形象鲜明，艺术概括力很强。

　　首句用重彩抹出一幅枫叶烂漫、秋色正浓的画面，令人心醉神驰。着一"醉"字，把"红树"与"秋色"联系起来，使抽象的秋色具体可感，用字精练，以少胜多。

　　第二句也写得情韵萦绕，优美动人。白昼消逝，夜幕降临，澄碧的溪水，潺潺流动，好像有人在轻轻拨动琴弦。这里，"碧"是个诉诸视觉的颜色字。在一般的夜晚,是无法分辨水色的。只有明月下身临溪畔的人,才有可能见得真切,辨得清楚。"弹"字下得也很妙,不仅写出溪流的音乐般的诗韵,而且以动显静,把万籁俱寂的夜色烘托得更加幽深。未写月,却自有明月朗照;未写人,却有倩影徘徊溪畔;未写情,却有一缕悲哀寂寞的情丝,如泣如诉,萦回耳际。这种虚中见实、实中见虚的写法,笔墨经济,含蕴丰富,读来余韵袅袅,饶有情趣。

　　"佳期不可再",陡然一转,把徘徊于月下溪畔的女子内心的秘密和盘托出。原来她曾有过幸福的爱情,而现在,"佳期"一去不复返了。可这位多情女子还像过去一样热恋着所爱的人。在枫叶如醉、碧溪夜月的环境中,她徘徊着,回忆着,盼望着,等待着,从原野来到溪边,从白天直至深夜。可是,物是人非,再也见不到他的身影。今后的生活又将如何呢? 回答是:"风雨杳如年"。风雨如晦,度日如年,未来的日子是渺茫、悲凉、凄楚的。如果我们把这里的"风雨"理解为社会"风雨"的话,那么这诗所写的爱情悲剧,就具有更广泛深刻的社会意义了。

(邓光礼)

# 幽　恨　诗

安邑坊女

卜得上峡日，秋江风浪多。

巴陵一夜雨，肠断木兰歌。

　　明代文学家杨慎认为"诗盛于唐，其作者往往托于传奇小说、神仙幽怪以传于后，而其诗大有绝妙今古、一字千金者"（《升庵诗话》卷八），随后"试举一二"，第一例就是这首《幽恨诗》。此诗作者姓名已佚，旧说荒诞，多谓"仙鬼"。

　　依据诗作本身与有关传说，大致可以推定，主人公当是巴陵（治今湖南岳阳）一带的女子，诗的情调颇类南朝小乐府中的怨妇诗。

　　诗开篇就写一个占卜场面。卦象很不吉利：上峡之日，秋江必多风浪。谁占卜？谁上峡？均无明确交代。但，读者可以想象：占卜的是诗的主人公——一位幽独的女子，而"上峡"的应该是与她关系至为密切的另一人，从"幽恨"二字推断，或是女子的丈夫，那人大约是位"重利轻别离"的商贾，正从巴陵沿江上峡做生意去。

　　舟行多险，这位巴陵女子的忧虑，只有李白笔下的长干女可相仿佛："十六君远行，瞿塘滟滪堆。五月不可触，猿声天上哀。"（《长干行》）一种不祥的预感驱使她去占卜，不料得到了一个使人心惊肉跳的回答。

前两句写事,后两句则重在造境:紧承上文,似乎凶卦应验了。淫雨大作,绵绵不绝。"一夜雨"意味着主人公一夜未眠。听着帘外潺潺秋雨,她不禁唱出哀哀的歌声。北朝民歌《木兰诗》,本写女子替父从军,但前四句是:"唧唧复唧唧,木兰当户织。不闻机杼声,惟闻女叹息。"此处活用其意,是断章取义的手法。女子既不能安睡,又无心织作,惟有长吁短叹,哀歌当哭。雨声与歌声交织,形成分外凄凉的境界,借助这种气氛渲染,有力传达了巴陵女子思念、担忧和怨恨的复杂情感。诗正写到"断肠"处,戛然而止,像一个没有说完的故事,余韵不绝。

　　此诗篇幅极小,容量可观。这与诗人善于起结、剪裁得当是分不开的。

(周啸天)

图书在版编目(CIP)数据

走进唐诗.爱情／上海辞书出版社文学鉴赏辞典编
纂中心编.—上海：上海辞书出版社，2023
　ISBN 978-7-5326-5986-9

Ⅰ.①走… Ⅱ.①上… Ⅲ.①唐诗－诗歌欣赏 Ⅳ.
①I207.227.42

中国版本图书馆 CIP 数据核字(2022)第 197082 号

ZOUJIN　TANGSHI　·　AIQING

# 走进唐诗·爱情

**上海辞书出版社文学鉴赏辞典编纂中心　编**

**责任编辑**　祝云赛
**装帧设计**　王轶颀
**责任印制**　楼微雯

**出版发行**　上海世纪出版集团
　　　　　　上海辞书出版社(www.cishu.com.cn)
**地　　址**　上海市闵行区号景路 159 弄 B 座(邮编 201101)
**印　　刷**　上海盛通时代印刷有限公司
**开　　本**　890 毫米×1240 毫米　1/32
**印　　张**　5.625
**字　　数**　140 000
**版　　次**　2023 年 1 月第 1 版　2023 年 1 月第 1 次印刷
**书　　号**　ISBN 978-7-5326-5986-9/I·523
**定　　价**　48.00 元

本书如有质量问题,请与承印厂联系。电话：021-37910000